AF202501

Tucholsky Wagner Zola Scott Sydow Freud Schlegel
Turgenev Wallace Fonatne
Twain Walther von der Vogelweide Fouqué Friedrich II. von Preußen
Weber Freiligrath Frey
Fechner Fichte Weiße Rose von Fallersleben Kant Ernst Richthofen Frommel
Fehrs Engels Fielding Hölderlin Tacitus Dumas
Faber Flaubert Eichendorff
Feuerbach Maximilian I. von Habsburg Fock Eliasberg Zweig Ebner Eschenbach
Ewald Eliot Vergil
Goethe Elisabeth von Österreich London
Mendelssohn Balzac Shakespeare Dostojewski Ganghofer
Trackl Lichtenberg Rathenau Doyle Gjellerup
Stevenson Hambruch
Mommsen Thoma Tolstoi Lenz Hanrieder Droste-Hülshoff
Dach Verne von Arnim Hägele Hauff Humboldt
Reuter Rousseau Hagen Hauptmann Gautier
Karrillon Garschin Defoe Baudelaire
Damaschke Descartes Hebbel
Hegel Kussmaul Herder
Wolfram von Eschenbach Dickens Schopenhauer Rilke George
Bronner Darwin Melville Grimm Jerome Bebel Proust
Campe Horváth Aristoteles
Bismarck Vigny Barlach Voltaire Federer Herodot
Gengenbach Heine
Storm Casanova Tersteegen Gilm Grillparzer Georgy
Chamberlain Lessing Langbein Gryphius
Brentano Lafontaine
Strachwitz Claudius Schiller Kralik Iffland Sokrates
Bellamy Schilling
Katharina II. von Rußland Gerstäcker Raabe Gibbon Tschechow
Löns Hesse Hoffmann Gogol Wilde Vulpius
Luther Heym Hofmannsthal Klee Hölty Morgenstern Gleim
Roth Heyse Klopstock Kleist Goedicke
Luxemburg Puschkin Homer Mörike
La Roche Horaz Musil
Machiavelli
Navarra Aurel Musset Kierkegaard Kraft Kraus
Nestroy Marie de France Lamprecht Kind Kirchhoff Hugo Moltke
Laotse Ipsen Liebknecht
Nietzsche Nansen Ringelnatz
Marx Lassalle Gorki Klett Leibniz
von Ossietzky May vom Stein Lawrence Irving
Petalozzi Platon Knigge
Sachs Poe Pückler Michelangelo Kock Kafka
Liebermann Korolenko
de Sade Praetorius Mistral Zetkin

Preisgekrönt

Ernst Eckstein

Impressum

Autor: Ernst Eckstein
Umschlagkonzept: toepferschumann, Berlin

Verlag: tradition GmbH, Hamburg
ISBN: 978-3-8472-3654-2
Printed in Germany

1.

Der seit vierthalb Jahren in Gott ruhende Ehegemahl Adelaidens, Ottfried Cäsar von Weißenfels, königlich sächsischer Hof- und Schulrat, war ein ganz vernünftiger Mann gewesen. Dem läuternden Einfluß dieses kraftvoll ernsten Charakters glückte es beinahe durchweg, die beiden Hauptfehler seiner Lebensgefährtin, die übertriebene Sparsamkeit und den literarischen Dilettantismus, gründlich im Zaume zu halten. Adelaide hatte zu Lebzeiten ihres königlich sächsischen Hofrats würdig und zweckentsprechend repräsentiert, wenn es auch hier und da einer freundlichen Standrede über die allzu einfach werdenden Küchenzettel bedurfte. Sie hatte sich ferner mit dem Gedanken vertraut gemacht, von dem praktisch nüchternen Ottfried in ihrer Eigenschaft als Poetin mißverstanden und, wenigstens äußerlich, auf das Niveau prosaischer Durchschnittsfrauen heruntergedrückt zu werden; daher sie denn seit dem zweiten Quartal ihres Eheglücks das Lyrische Tagebuch – so nannte sie die köstliche Reinschrift ihrer poetischen Eingebungen – wie eine verbrecherische Korrespondenz im tiefsten Schubfach ihres Schreibsekretärs verschloß und höchstens einmal ihrer vertrautesten Freundin, der Frau des Majors Friese, ein paar bedeutsame Stellen vorlas, bis auch dieses mitfühlende Herz ihr auf dem Weg der Versetzung nach Koblenz verloren ging.

Seit Ottfried Cäsar jedoch infolge eines apoplektischen Anfalls die klugen, klarblickenden Augen für immer geschlossen hatte, gab sich Frau Adelaide von Weißenfels allgemach wieder so, wie sie war.

Obgleich in recht guten Verhältnissen, schränkte sie den schandbaren Luxus des langen Tafelns, wie sie sich ausdrückte, dergestalt ein, daß mitleidslose Beurteiler ihr geradezu Geiz vorwarfen.

Auch trat sie kühner und freier mit ihrer Lyrik hervor, zog hier und da eine urteilsfähige Schwester in Apollo zu Rate, durchforschte die zahlreichen Bände des Tagebuchs nach ›Blüten und Perlen‹, die sie demnächst einer geachteten Firma zum Verlag anbieten wollte, und faßte den Plan zu einer Ballade aus der altklassischen Mythologie,»Deianeira« betitelt.

Inzwischen war ihre einzige Tochter Helene, ein reizendes Blondchen mit hellblitzenden Augen und frischen Lippen, zur heiratsfähigen Jungfrau herangewachsen.

Das heitere, genußfrohe und unverkünstelte Naturell des Kindes litt unter den beiden Hauptcharakterzügen ihrer Mama gleichermaßen.

Die Sparsamkeit der ängstlichen Adelaide brachte Helenen um gar manches Vergnügen, das man ihr wohl hätte gönnen dürfen.

Überall peinliches Rechnen.

Der Subskriptionsball wurde nicht mitgemacht, weil sich die Hofrätin gegen die Anschaffung eines neuen Galakostüms sträubte; die Parkettsitze in der Oper waren zu teuer; eine Spazierfahrt stempelte jedermann, der nicht gerade Millionär war, zum kuratelreifen Taugenichts usw. usw.

Die literarischen Neigungen der Frau Hofrätin zwangen die blonde Helene zu unerhörten Geduldsproben.

Sie mußte jetzt, da sie für das Verständnis derartiger Schöpfungen reichlich entwickelt schien, die zu früh entschwundene Majorin Friese ersetzen. Nicht nur wohlgerundete Oden im alkäischen Versmaß und majestätische Lieder in freien Rhythmen wurden ihr unterbreitet, sondern auch Stellen aus jenem Lyrischen Tagebuch, deren Entstehungsgeschichte ihr mit kurzen Worten erläutert wurde.

Trotz der Häufigkeit solcher poetischen Mitteilungen fügte sich Fräulein Helene mutvoll ins Unvermeidliche. Ihr hübsches, rosig erblühendes Antlitz strahlte wie in ruhiger Verklärung, ob nun Adelaide sanftschwimmende Töne einer versöhnteren Weltanschauung zum besten gab, oder ob sie mit schmerzlich dröhnender Stimme dem Zwiespalt Ausdruck verlieh, der siebzehn Jahre hindurch peinlich in ihrer Seele geklafft hatte.

Da hieß es z. B. im vierten Bande des Lyrischen Tagebuchs auf der hundertsten Seite:

Wohl schrecklich ist's, noch in des Lebens Mai,
Das Herz erfüllt mit trunkner Poesei,

Die Brust bewegt vom ungestümsten Pochen,
Am Herde stehn und Makkaroni kochen.
O Dichtkunst, holder, sehnsuchtsvoller Wahn,
Du fliehst den Topf, von Kohlenglut umlodert!
Persönlich hab' ich's freilich nicht getan:
Doch nachzusehn – was doch die Pflicht erfordert –
Und so der Köchin stetig Winke geben:
Selbst das, beim Zeus, verbittert mir das Leben ...

Fräulein Helene, weit entfernt, das heimliche Weh dieser eigentümlichen Rhythmen nachzufühlen, saß und lauschte mit einer seltsamen Art, die nicht erkennen ließ, ob ihre geistige Sammlung dem Vorgelesenen galt oder den Klängen einer besonderen, für andere unhörbaren Sphärenmusik. Adelaide war fest davon überzeugt, ihre Tochter folge den Melodien der mütterlichen Kithara; ein Unbefangener jedoch wäre bei tieferer Betrachtung dieses lieblich sinnenden Angesichts zum entgegengesetzten Schlusse gelangt und hätte so die Wahrheit – in ihren Grundzügen wenigstens – bald enträtselt.

Die Gedanken Helenens weilten in der Tat niemals bei diesen metrischen Herzensergüssen. Sie schweiften vielmehr über die breite Mathildenstraße quer nach dem Eckhaus mit der schönen skulpturenreichen Fassade, wo ein frischer, lustiger, kernhafter junger Mann wohnte: Doktor Leopold Maxwaldt, Assistent des berühmten Nervenspezialisten Schebelsky.

Helene von Weißenfels hatte Herrn Doktor Maxwaldt zu Anfang Oktober auf einer Landpartie kennen gelernt und dann noch drei- oder viermal wiedergesehen.

Diese Begegnungen hatten genügt, um bei dem klaren, gesunden Charakter der jungen Leute, die nicht gelernt hatten, nach der Schablone unserer modernen Gesellschaft Komödie zu spielen, eine leidenschaftliche Neigung zu wecken.

Bei dem letzten Zusammensein – auf einem Privatball im Hause des Geheimrats Schebelsky – kam es zur gegenseitigen Aussprache. Noch wollte man die Sache geheim gehalten, bis Doktor Maxwaldt gewisse äußere Ziele erreicht hätte; dann aber ... o, er hatte das so wundervoll ausgedrückt, so hold, so poetisch – weit poetischer als die schönsten Stellen des Lyrischen Tagebuchs.

Im Gedanken an dieses wonnesame Erlebnis, im Vollbewußtsein des unendlichen Glückes, zu lieben und wiedergeliebt zu werden, konnte Helene selbst die unwahrscheinlichsten Oden ihrer Mama gleichmütig hinnehmen, ja eine Art von Genuß daraus schöpfen, wie aus dem Rauschen der Baumwipfel oder dem Gemurmel einer sanft hinströmenden Quelle. Adelaide hatte kein unangenehmes Organ; sie las viel besser, als sie reimte und dichtete. Was Wunder, daß Fräulein Helene sich willenlos von dem Klange dieser begeisterten Stimme auf und ab wiegen ließ und jenes Behagen empfand, das den Menschen beseelt, wenn er seinen bezauberndsten Träumen so recht ungestört nachhängen kann?

Adelaide las und las – und wenn sie dann wahrnahm, daß ihre blonde Tochter zuweilen lächelte, das reizende Köpfchen wiegte oder gedankenvoll nach der Decke emporsah, dann überkam die Poetin das wunderbare Gefühl, als habe sie in Helenen zum ersten Male ein wahrhaft urteilsfähiges Publikum für ihre Verse gefunden; urteilsfähiger selbst als die gute Majorin Friese, die, aller Bewunderung zum Trotz, sich hier und da eine kritische Bemerkung erlaubt hatte; – und an Urteilsfähigkeit wenigstens ebenbürtig dem Literaturprofessor Doktor Aloys Schmidthenner, dem einzigen Manne, den Frau Adelaide in die Geheimnisse ihres Lyrischen Tagebuchs eingeweiht hatte.

Seltsamerweise sollte just dieser Schmidthenner die Idylle, die sich zwischen Mama und Tochter so reizvoll entsponnen hatte, ernstlich gefährden.

Die Liebenswürdigkeit und Anmut Helenens war nämlich keineswegs nur dem feurigen Assistenten des Geheimrats Schebelsky als verführerisch aufgefallen; auch andere achtbare Kavaliere, die sich berechtigt glaubten, um Huld und Minne zu werben, hatten entdeckt, daß die rosige Tochter Adelaidens aus mehr als einem Gesichtspunkte das Ideal einer jungen Frau abgeben würde.

Der Eifrigste unter diesen Entdeckern jedoch war der eben genannte Professor der Literaturgeschichte, ein Jugendfreund der Mama und stiller Mitwisser ihrer ersten literarischen Sünden.

Als Fräulein Adelaide von Sandvoß – das war der Mädchenname der Frau Hofrat von Weißenfels – die Provinzialstadt, in der sie mit Aloys Schmidthenner fröhlich gespielt und späterhin auch ein paarmal getanzt hatte, für immer verließ, um an der Seite des ihr frisch angetrauten Gemahls Ottfried Cäsar nach der Residenz überzusiedeln, war der um einige Jahre jüngere Aloys noch Primaner. Seitdem hatte er seine Jugendfreundin nicht wieder gesehen, bis er vor kurzem an eine der höheren Lehranstalten der Hauptstadt als Professor berufen wurde und nun das junge Mädchen von einst als verwitwete Hofrätin wiederfand.

Er beschränkte sich anfangs auf einen Höflichkeitsbesuch, dem er weitere nicht folgen ließ; einmal, weil sich die Hofrätin noch im Stadium der Trauer befand; dann aber auch, weil er bemerkt hatte, wie beklemmend sich die 40jährige Adelaide von dem 20jährigen Adelaidchen, das so reizend geschwärmt hatte, unterschied.

Fräulein Helene befand sich damals noch in Pension. Ihre Zurückkunft war für den 37 jährigen Schmidthenner das Signal zu einer lebhaften Auffrischung des Verkehrs. Nach wenigen Wochen bereits schien er sich klar zu sein, daß Helene ihm mehr bedeute, als eine bloß ästhetische Anregung, wie er ursprünglich sich vorgeschwatzt.

Der Umstand, daß die allerliebste Blondine von ihrem Papa ein ganz nettes Vermögen ererbt hatte, trug dazu bei, diese Störung des psychologischen Gleichgewichts, die Aloys Schmidthenner sonst wohl strenge an sich gerügt haben würde, sittlich zu rechtfertigen. Kurz, es entwickelte sich in seinem Gemüt jene Summe von Stimmungen, die man bei einem heiratsfähigen Manne als ernstliche Absichten zu bezeichnen pflegt.

Hatte der stürmische Doktor Maxwaldt bei seinem Liebesfeldzug direkt den Weg nach dem Herzen des teuren Mädchens eingeschlagen, so hielt es Professor Schmidthenner, der von der Existenz eines irgend beachtenswerten Rivalen durchaus keine Ahnung hatte, für zweckmäßiger, sich vorerst der Mama zu versichern. Hierzu gab es nun allerdings ein verläßliches Mittel: die Liebkosung ihres poetischen Dilettantismus.

Professor Schmidthenner kam wiederholt auf die glücklichen Tage von einst zu sprechen; malte mit glühend üppiger Farbenpracht jenen unvergeßlichen Herbsttag aus, an welchem die reizende Adelaide von Sandvoß ihm damals hoch auf der Burgruine das schöne Sonett »Die Vergänglichkeit« vorgelesen; gemahnte sie an die kühne Improvisation »Dauer im Wechsel«, mit der er begeistert auf ihre Wehmutstöne geantwortet hatte; und schlich sich so, trotz der jahrelangen Entfremdung, dergestalt in ihr Vertrauen ein, daß ihr Poetenherz allgemach frank und frei vor ihm dalag wie ein entrollter Papyrus. Schließlich wurde Helene mehr und mehr von dem Anhören der lyrischen Vorlesungen entlastet, weil es doch offenbar für ein schöpferisches Talent von ungleich größerer Bedeutung ist, seine Versuche einem Fachmann zu unterbreiten als einer Tochter, deren Urteil durch die kindliche Zuneigung immer ein wenig gefälscht wird.

Professor Aloys Schmidthenner zollte den Tagebuchblättern uneingeschränkten Beifall.

Einzelne Bruchstücke, wie das tiefempfundene »O Mädchenzeit, du bist dahingegangen –«, oder das sanftelegische »Was ich schreibe, was ich singe, was ich treibe, was ich ringe –« erklärte er geradezu für poetische Meisterwerke.

Mit dem Chefredakteur des »Tilsiter Anzeigers« noch von der Hochschule her innig befreundet, wußte er in dem genannten Organ zwei »Strandlieder« Adelaidens unter dem Pseudonym Corinna zum Abdruck zu bringen, riet jedoch – ungeachtet des rauschenden Beifalls, dessen sich diese Strandlieder in Tilsit und der gesamten Umgebung erfreut hatten – von weiteren Veröffentlichungen ab, da das Publikum, namentlich in den Hauptstädten, für die rein lyrische Produktion literarischer Neulinge außerordentlich schwerhörig sei, während etwas Erzählendes, wie die kürzlich in Angriff genommene Ballade »Deianeira«, einen Massenangriff auf die Gunst der gesamten Nation bedeute.

Er selbst schrieb jetzt eine »Geschichte der deutschen Literatur seit Goethes Tode«.

In diskretester Weise ließ er gelegentlich seine Absicht durchblicken, in der Rubrik »Neueste Lyrik« auch Corinna, die Verfasserin der so erfolgreichen Strandlieder, namhaft zu machen und darauf hinzuweisen, daß die geschätzte Poetin noch manche herzerquickende Gabe im Pult verberge.

Da sich Adelaide von Weißenfels bescheidentlich sträubte, weil ja die beiden Strandgesänge trotz der geringen Vorzüge, die ihnen etwa anhaften mochten, räumlich genommen doch eine gar zu unbedeutende Leistung darstellten, führte ihr der Professor die Worte August von Platens an:

Ein einzig Lied, das wirklich Leben sprudelt
Und die Vollendung trägt an seiner Stirne,
Kommt mehr zuletzt in aller Menschen Hände,
Als hundert starke, doch geklexte Bände.

Auf Anregung Schmidthenners wurde Adelaide von Weißenfels auch Mitglied der »Tafelrunde«. So hieß nämlich der neuerdings etwas umgestaltete literarische Klub, der damals noch dem schönen Geschlecht seine Hallen erschloß, bis dann unerquickliche Differenzen zur Abänderung des Statuts führten.

Von Schmidthenner unterstützt, spielte Adelaide bei den Zusammenkünften der »Tafelrunde« gar bald eine bedeutsame Rolle. In ihrem Selbstbewußtsein mannhaft gehoben, ergriff sie bei jedem halbwegs geeigneten Anlaß das Wort. Der imposant überlegene Ton ihres Auftretens, die unnachahmliche Art, mit der sie ihr würdevolles »Meine Damen und Herren!« modulierte, sobald der Gedanke in einer zündenden Pointe gipfelte, das lieh, wie Aloys Schmidthenner leidenschaftlich beteuerte, ihrer schönen Rhetorik einen wahrhaft ciceronianischen Reiz.

Auch Doktor Maxwaldt, der einige Wochen lang auf Reisen gewesen war, trat gegen Ende Januar dem Tafelrundenverein als Mitglied bei.

Adelaide jedoch überzeugte sich gleich in der ersten Sitzung, daß der frivol prosaische Assistent des Geheimrats Schebelsky kein echtes Interesse für die Debatten mitbrachte. Vielmehr erstrebte er augenscheinlich nur die reizvolle Nachbarschaft der blonden Helene, zog sie während des Vortrages mehrfach in ein störendes, für die ernsthaften Zuhörer anstoßerregendes Flüstergespräch und benahm sich auch sonst keineswegs wie ein Mensch, dem die Muse den Weihekuß auf die Lippen gedrückt hat.

Das wiederholte sich dreimal.

Professor Schmidthenner, der jetzt zu ahnen begann, daß ihm hier eine bedenkliche Konkurrenz erwuchs, stellte mit Genugtuung fest, wie wenig der junge Arzt durch dieses allzu freie Gebaren bei der Frau Hofrat gewann. Zugleich aber hielt er es doch für geraten, nun auch seinerseits ernstlicher auf das Ziel, das er sich vorgesetzt, loszugehen, die Tochter über der Mutter nicht zu vernachlässigen und einige Anspielungen zu wagen, die der letzteren klar machen sollten, wie sehnlich der Herr Professor nach ihrer Gunst begehre.

Eines Tages – am 24. Februar – kam es zur Katastrophe.

Aloys Schmidthenner, der sich hinlänglich überzeugt hielt, daß Fräulein Helene von ähnlichen Sympathien für ihn durchdrungen sei wie ihre Mama, hatte der Schöpferin der bedeutenden Strandlieder kurzerhand mitgeteilt, wie er sein Leben sich zu gestalten wünsche.

Mit offenen Armen und noch offnerem Herzen war er als Schwiegersohn akzeptiert worden.

Das mußte ja eine Zukunft werden – göttlich, wie in den schuldlos-heiteren Tagen des Paradieses!

Hatte Helene schon jetzt – instinktiv und gleichsam aus der Fülle eines begnadeten Temperaments heraus – dem Schaffen ihrer Mama ein Verständnis entgegengebracht, das zwar nicht laut werden wollte, aber – den»ungesungenen Liedern« Justinus Kerners vergleichbar – deshalb vielleicht nur um so süßer durch ihr empfängliches Herz bebte, so war nun vorauszusehen, daß Aloys Schmidthenner all diese Keime zur Blüte bringen, all diese Ströme entfesseln und seine Schwiegermama in die berauschenden Düfte des Ideals, in den wonnedampfenden Strudel des Kunstverständnisses mit hineinreißen würde – ein herrliches, ein olympisches Dasein zu dreien!

Von solchen Träumen gewiegt, sprach die glückstrahlende Frau noch desselbigen Abends mit ihrer Tochter.

Zu Adelaidens größtem Erstaunen verhielt sich Helene während der ganzen leidenschaftlichen Darlegung vollständig passiv.

Erst auf die dringliche Frage:»Nun, was sagst du dazu?«versetzte die hübsche Blondine mit einiger Bangigkeit:

»Liebste Mama! Der Professor ist gewiß ein großer Gelehrter; auch ein stattlicher Kavalier, der sich in der Quadrille *à la cour* gar nicht so übel macht; – aber ...«

»Nun, aber ...? Ich will nicht hoffen, daß etwa ein anderweitiges Interesse ...«

Helene ward über und über rot. Hiernach bekannte sie zögernd, daß Doktor Leopold Mazwaldt allerdings ihr liebendes Herz völlig gewonnen und sie längst schon gefragt habe, ob sie ihn heiraten wolle.

Adelaide war starr.

»Stille Wasser sind tief,« hauchte sie sentenziös. Dann, ihre Tochter mit theatralischer Heftigkeit über dem Handgelenk packend, fügte sie drohend hinzu:

»Und was hast du geantwortet?«

»Aber Mama!« sagte das Mädchen wehleidig. »Wenn ein wackerer, liebenswürdiger Mann, den wir gern haben, uns fragt, ob wir ihn heiraten wollen ... Was hast du denn geantwortet, als der Papa dich fragte?«

»Verblendete!« ächzte die Hofrätin. Sie warf die Hand ihrer Tochter von sich hinweg wie eine am Busen gezüchtete Natter. »So schändlich also durchkreuzest du meine Pläne? So heimtückisch rebellierst du? Ich meinte es gut mit dir. Ich gönnte dich einem Manne, der Verständnis besitzt für die idealen Faktoren des Lebens; einem geistigen Führer, der dich aufwärts gelenkt haben würde zu den Höhen des Lichts! Und nun fängst du mir hinter dem Rücken ein abgeschmacktes Getändel an, ein Techtelmechtel der unerlaubtesten Art! ... Ja, zum Kuckuck – (Apoll verzeihe mir diese Wendung!) – bildest du dir denn ein, ich würde je, je zu deiner Verbindung mit diesem Mann des Seziermessers und der Medikamente ja sagen?«

»Was hast du denn an Doktor Maxwaldt auszusetzen?« fragte Helene verschüchtert.

»Alles! Er ist die verkörperte Prosa! Nicht nur taktlos, was ich ihm leicht noch verzeihen würde, sondern auch unfähig, das Schöne vorurteilsfrei zu genießen, das Göttliche anzuerkennen. Wie sagt doch August von Platen? ›Zwar nicht jeder vermag das Erhabene vorzuempfinden: aber ein Tropf, wer's nicht nachzuempfinden vermag.‹ Doktor Maxwaldt ist in dieser Beziehung ein vollendeter Tropf.«

»Mama!« rief Helene empört.

»Ein Tropf, sage ich dir,« verharrte die Hofrätin. »Ich will nicht davon reden, daß er neulich bei der ergreifendsten Stelle meines Sonetts ›Wandelnde Schatten‹ dir in die Ohren gezischelt hat wie ein ungezogener Quartaner. Aber ich weiß, daß er die Bestrebungen unserer ›Tafelrunde‹ bei jeder Gelegenheit persifliert; daß er uns Frauen das Recht abspricht, mit in die Debatte zu treten, ja, überhaupt eine Meinung zu haben; daß er von ›Blaustrümpfen‹ redet, wo ihm der Ausdruck ›Dichterin‹ wahrlich mehr zu Gesicht stünde; ja, daß er die liebenswürdige Frage Schmidthenners, welches der beiden ›Strandlieder‹ wohl das bedeutendste sei, mit einem Achselzucken beantwortet hat, – ich sage dir, gute Helene, mit einem Achselzucken, dessen Verdolmetschung unserem Professor die Röte des Zorns in die Wangen trieb. Und einem solchen Menschen soll ich mein einziges Kind geben? Glaubst du denn wirklich, daß er's mit seiner Liebe so ernst hat? Wer nicht das Schöne in der göttlichen Kunst zu verehren weiß, dem gebricht es auch an der Fähigkeit einer selbstlosen Neigung. Die Sache ist ja so klar wie das Sonnenlicht! Dieser Maxwaldt fühlt sich in seinem Verhältnis zu Doktor Schebelsky nicht wohl. Er mochte sich selbständig machen, und hierzu bedarf er einer vermögenden jungen Dame. Ich begreife nicht, daß ich nicht früher auf diesen Gedanken kam! Daß ich es ruhig mit ansah, wie er dich gleisnerisch in sein Netz lockte! Aber, Gott sei Dank, noch ist es Zeit! Ich spreche ein Machtwort. Ich verbiete ihm ohne weiteres das Haus ...«

»Natürlich, das kannst du,« sagte Helene weinerlich; »aber deinen Professor nehme ich deshalb doch nicht ...«

»Das wollen wir sehen!«

Das junge Mädchen schritt auf sie zu, küßte sie und umschlang sie mit beiden Armen.

»Sei doch nicht gar so erregt!« flehte sie schmeichelnd. »Ich kann ja doch nichts dafür, wenn ich den Doktor Maxwaldt so über alle Beschreibung lieb habe!«

»Ich bin nicht erregt,« gab ihr die Mutter zurück. »Nur das eine erkläre ich dir positiv: solange ich hier noch mitsprechen darf, wird Maxwaldt, der Musenleugner, der schnöde, herzlose Materialist, niemals dein Gatte werden.«

2.

Professor Schmidthenner, von dem Vorgefallenen alsbald unterrichtet, fühlte sich zwar ein wenig niedergeschlagen, sprach jedoch sich und der trauernden Dichterin mit gewohnter Beredsamkeit Mut ein.

Nach längerer Debatte faßte man den Beschluß, Fräulein Helene zunächst von dem Schauplatz ihrer so unliebsamen Herzenserlebnisse für einige Monate zu entfernen.

Adelaide besaß in ihrer Geburtsstadt eine Cousine, die sich gerne bereit erklärte, das junge Mädchen zu sich zu nehmen und ihren Wandel, insbesondere auch ihre Korrespondenzen, mit gebührender Strenge zu überwachen. Tante Möbius galt, wie Schmidthenner mit rücksichtsvoller Umschreibung betonte, in den weitesten Kreisen für einen Drachen; die würde dem törichten Kinde die albernen Mucken schon austreiben. Herrn Doktor Maxwaldt direkt vor den Kopf zu stoßen, schien dem Professor unzweckmäßig; das Gescheiteste war, ihn möglichst zu ignorieren.

Doktor Maxwaldt bildete seit Helenens Abreise trotzdem für Schmidthenner und Adelaide ein häufig berührtes Thema der Konversation.

»Ich fürchte,« sagte Aloys eines Abends, »dieser kritisch-verneinende Geist hat es gewagt, das dichterische Talent der Mama bei der Tochter herabzusetzen.«

»Wie?« fragte die Hofrätin, jäh im Sessel emporfahrend.

»Ich vermute es, und ich habe so meine Symptome. Natürlich geschieht diese pöbelhafte Beleuchtung nur in der Absicht, mich, den Bewunderer Ihres Talentes, zu diskreditieren, mich der niedrigsten Schmeichelei zu verdächtigen und so eine dauernde Antipathie gegen mich zu erzeugen. Es wäre wirklich ein Götterglück, wenn Sie der Welt einmal durch einen besonders glänzenden Coup den Beweis lieferten, daß Sie in der Tat ein Talent sind.«

»So?« meinte Adelaide erstaunt. »Habe ich diesen Beweis erst noch zu erbringen? Die ›Strandlieder‹, die ganz Tilsit in Aufruhr versetzten, mein Sonett ›Wandelnde Schatten‹ ...«

»Ja, ja, das alles ist schön und gut. Aber nirgends gilt so das alte Sprichwort von dem Geschmack, über den nicht zu streiten ist, als auf dem heiklen Gebiete der Lyrik. Ich erinnere Sie zum Beispiel an Martin Greif, der von den einen vergöttert wird, während die anderen vornehm auf ihn herablächeln. Ja, wenn Ihre epische Dichtung ›Deianeira‹...; dennoch, ich fürchte, der Stoff liegt unserem Publikum etwas zu fern. Und dann – Sie verzeihen – aber Ihre Behandlung entspricht meines Erachtens nicht völlig dem, was der Leser erwarten muß. Das verwickelte Metrum der Ottave rime verführt Sie zu lyrischen Exkursionen, die, an sich zwar berauschend, gleichwohl den Gang der Handlung gar zu erheblich beeinträchtigen.«

Adelaide von Weißenfels gab dem Professor eine ausweichende Antwort. Zum ersten Male seit der Erneuerung ihrer Bekanntschaft lenkte sie absichtlich das Gespräch vom Gebiete der literarischen Produktion ab. Sie erzählte von ihrer Tochter, die auf dem besten Wege sei, das kindische Gaukelspiel mit Maxwaldt und seiner vermeintlichen Liebe ad acta zu legen.

»Sie ist ganz vergnügt,« schreibt mir meine Cousine; »gar nicht wie ein geknicktes Rohr. Am letzten Montag haben sie eine Schlittenpartie unternommen: Helene soll auf der Heimfahrt geradezu ausgelassen gewesen sein. Ich sagte es ja: Beziehungen zu Persönlichkeiten ohne Gemüt können nur oberflächliche, rein konventionelle sein; echte Liebe ist nur möglich auf dem Untergrund wirklicher Poesie.«

So plauderte Adelaide, ohne zu ahnen, daß die Fröhlichkeit ihrer Helene bei jener Montagspartie einem reizenden, flammensprühenden Briefe zu danken war, den sich das kluge Mädchen früh beim Befolgen einiger dringend notwendigen Steck- und Nähnadeln unter der Chiffre ›H. v. W. 20‹ vom Kaiserlichen Postamt geholt hatte.

Professor Schmidthenner verabschiedete sich, ohne auf die »Deianeira« zurückzukommen. Die Worte aber, die er zu Adelaiden betreffs ihres Dichterruhmes gesprochen hatte, verfolgten sie unablässig. Schmidthenner hatte recht! Sie zählte jetzt vierzig Jahre. Beim Phöbus, nun war es die höchste Zeit, die skeptisch klügelnde Welt durch eine gewaltige »Tat in Worten« endgültig niederzuschmettern! Adelaide mußte etwas gestalten – knapp, wuchtig, fesselnd, eigenartig und gemeinverständlich zugleich; sie mußte endlich das leisten, was Schiller mit seinen Räubern und Goethe mit seinem Werther geleistet.

Vier Tage lang schlich sie, von diesem Gedanken beherrscht, wortlos umher wie der Jüngling von Sais, nachdem er den Schleier hinweggezogen.

Am fünften Tage bot ihr ein Gott die errettende Hand.

Das neueste Heft des »Weltalls« ward ihr ins Haus geschickt, und da sie es öffnete, las sie die pomphafte Ankündigung eines Preisausschreibens.

Der Prospekt lautete:

>»Zur Belebung der in Deutschland immer noch stark vernachlässigten ›Kurzgeschichte‹ (*short-story*) setzen wir für die drei besten Novelletten, die bis zum 15. Mai inkl. uns zugehen, drei Preise aus, und zwar 900 Mark für die beste, 600 Mark für die zweitbeste und 300 Mark für die drittbeste Novelle. Die Manuskripte, deren Umfang sich auf mindestens fünf bis höchstens fünfzehn Spalten des ›Weltalls‹ belaufen soll, dürfen nicht von der Hand des Autors geschrieben, auch nicht mit dem Namen des Autors bezeichnet sein, sondern lediglich rechts oben ein Motto tragen. Ein mit dem gleichen Motto versehenes, wohlverschlossenes Kuvert, das den Namen und die genaue Adresse des Autors enthält, ist beizulegen. Die Preisverteilung erfolgt am 15. Juni; die Resultate werden im ersten Julihefte bekannt gemacht.

>Als Preisrichter fungieren usw. usw.

>Die Eröffnung der Kuverts – auch derjenigen, die den ungekrönten Arbeiten anliegen – erfolgt unter strengster Diskretion im Privatbureau des Verlegers.

>Die Redaktion und die Verlagshandlung des Weltalls.«

Adelaide von Weißenfels hatte noch nicht zu Ende gelesen, als der Entschluß in ihr reifte, die hier so freigebig angebotenen neunhundert Mark – auf einen zweiten oder gar dritten Preis reflektierte sie nicht – zu verdienen. Mit dem Glorreichen verknüpfte sie so das

Nützliche. In Geldsachen war die Frau Hofrätin ja von Urbeginn über Gebühr zartfühlig. Neunhundert Mark, die ihr so völlig unerwartet als Nebeneinnahme zufielen, dünkten ihr an und für sich schon des Schweißes der Edlen wert und lockten ihre bewegliche Phantasie mit gar entzückenden Bildern. Sie erwog bereits, wie sie den »hübschen Zuschuß« demnächst verwenden solle, und raffte sich zu der Anschauung auf, daß sie zwar etwa drei Viertel des ruhmvoll geernteten Kapitals zinsbar anlegen, den Rest jedoch im Jubel über den frisch erkämpften Lorbeer rückhaltslos einem Extravergnügen opfern müsse. Das erheischte nicht nur die Dankbarkeit gegen das Schicksal; nein, es war ihr ein unabweisliches Herzensbedürfnis, durch eine ungewöhnliche Ausgabe öffentlich zu bekunden, daß ihr Triumph ein Ereignis von verblüffender Tragweite sei. Durch ein Kollegium, das sich vorgesetzt hatte, die Pflege der »Kurzgeschichte« (short-story) zu beleben, als die vornehmste Stütze dieser Bestrebungen amtlich gekrönt zu werden, – der Gedanke machte sie schwindeln! Je höher aber das Ziel, um so mächtiger wuchs ihre Zuversicht. Adelaide verwechselte eben die kleine Tafelrundengesellschaft, wo sie in Wahrheit eine bedeutende Stellung einnahm, mit dem riesigen Tempel der Literatur.

Der ganze Tag verging ihr so in phantastischer Aufregung. Alle Phasen der Zukunft spielten sich vor ihr ab, – von dem ersten Ansetzen ihres begeisterten Griffels bis zu den Görlitzer Brauereiaktien, die sie zu kaufen gedachte; vom Versenden des Manuskripts bis zu dem ländlichen Ballfest, das ihr die würdigste und zugleich billigste Siegesfeier bedünkte. Reminiszenzen an die isthmischen und olympischen Spiele zuckten ihr durchs Gehirn; das Bild eines altklassischen Vaters schwebte ihr vor der Seele, den die Freude über den Ruhm seines Sohnes getötet hatte ...

»Nein, ich will meine Gefühle im Zaum halten!« hauchte sie und preßte die Hände wie friedenspendend auf ihre pochende Brust. »Nicht übermütig noch stolz will ich werden, sondern wie August von Platen nur in stiller Bewunderung dem Genius huldigen, der mich besucht hat!«

Wie berauscht ging sie zu Bette, und bis lange nach Mitternacht trieben und jagten sich ihre farbenreichen Gedanken. Noch im Traume sah sie sich – ein weiblicher Tasso – auf den Stufen des

Kapitols: eine ritterlich-edle Gestalt, in der sie freudigen Herzens ihren trefflichen Jugendfreund, den Literaturprofessor Aloys Schmidthenner wiedererkannte, hielt ihr mit weihevoller Gebärde den Kranz entgegen.

Trotz dieser für beide Teile so schmeichelhaften Vision nahm sich die Hofrätin früh beim Erwachen vor, selbst den Professor nicht ins Vertrauen zu ziehen. Es sollte die blendendste Überraschung werden – für Helene, für Aloys, für den skeptischen Doktor Maxwaldt; kurz für alle, die zu den Schöpfungen Adelaidens irgendwie ein Verhältnis hatten.

Mit glühendem Feuereifer ging die Poetin ans Werk.

Adelaide hatte sich das Erfinden interessanter Konflikte und fesselnder Charaktere doch etwas leichter gedacht.

Die Stoffwahl bot ihr zunächst erhebliche Schwierigkeiten.

Fünf, sechs Pläne warf sie vertrauensvoll aufs Papier, um beim Versuche der Ausarbeitung sofort zu entdecken, daß hier – »trotz aller Größe des Grundgedankens« – die Pointe fehlte.

Wenn sich dann wirklich einmal etwas ergab, was wie der Gipfelpunkt einer geflossenen Komposition aussah, dann ließ sich aus der mühsam zurecht gezimmerten Anekdote kein Duft, keine Stimmung, kein harmlos frischer Humor schlagen. Und der Humor lag der Verfasserin der in Tilsit bewunderten Strandgesänge doch mindestens ebenso gut wie die Tragik. Merkwürdig nur, daß die innere Potenz so gar nicht heraustreten wollte. Sie stöhnte und würgte förmlich an dieser verborgenen Fülle: alles umsonst!

Das waren traurige Tage und Wochen!

So sehr Adelaide bemüht war, den quälenden Zwiespalt ihres Gemüts zu verbergen, er trat dennoch zutage; besonders in den Vereinssitzungen der Tafelrunde, wo sich die sonst so milde und weihevolle Poetin als überaus reizbar erwies und sich mehrfach sogar zu Ausdrücken wie »ungebührlich«, »lächerlich« usw. verirrte, die der Herr Vorsitzende – nach Paragraph zwölf der Statuten – als unparlamentarisch zu rügen hatte.

Professor Schmidthenner schrieb die augenscheinliche Nervosität seiner Freundin dem irrtümlich von ihm vermuteten Fortschreiten der altklassischen Ballade »Deianeira« zu. Da er bemerkte, daß die frühere Mitteilsamkeit Adelaidens einer sonderbaren Verschlossenheit Platz gemacht hatte, so drang er nicht weiter in sie, sondern sagte nur einmal anspielungsweise:

»Ja, ja, die Ottave rime! Die haben's in sich!«

»Meinen Sie?« fragte die Hofrätin.

»Ein verteufeltes Versmaß! Die dreimal wiederkehrenden Reime! Und, wie gesagt – die Ottave verleiten zur Abschweifung. Ihr Talent freilich ...«

Adelaide seufzte.

Augenblicklich betonte der höfliche Literaturprofessor, der den unwillkürlichen Klagelaut seiner Freundin als den Verräter heimlicher Strophen- und Reimschmerzen interpretierte, die immer noch wachsende Popularität Corinnas in der Gegend von Tilsit und sprach von der mündlich geäußerten Absicht eines namhaften Komponisten, der mit dem Plane umging, eines der prächtigen Strandlieder in Musik zu setzen.

Selbst diese Eröffnung, die von der Hofrätin sonst mit heiligster Freude begrüßt worden wäre, blieb diesmal ohne ersichtlichen Eindruck. Das Preisausschreiben beherrschte die unglückliche Adelaide so vollständig, daß alle übrigen Organe ihres Empfindens erstorben schienen.

Endlich zu Anfang Mai hatte sie einen Stoff gefunden, der ihr niedergedrücktes Selbstgefühl wieder aufrichtete.

»Die geborene Kurzgeschichte!« sagte sie strahlend, als sie die glücklich vollendete Disposition kritisch durchmusterte. »Einfach, sinnig und doch voll urdramatischer Kraft! Nun acht Tage Erholung – und dann rüstig ans Werk!«

3.

Am folgenden Mittwoch kehrte Helene seelenvergnügt aus der Verbannung zurück. Sie erzählte ihrer Mama mit großer Beredsamkeit von der ebenso strengen als liebenswürdigen Tante, von den kleinen aber stimmungsvollen Genüssen der Provinzialstadt, und wie der Abschied ihr ordentlich leid getan, verschwieg jedoch, daß sie mit Doktor Maxwaldt regelmäßig korrespondiert hatte, ach, so hold, so reizend, wie je zwei Liebende seit den Tagen des Troilus, und daß diese Korrespondenz, die ihr den zuverlässigen, tüchtigen, praktischen und doch von echtem Sinn für das Schöne beseelten Charakter ihres Verlobten so voll offenbart habe, das einzig Herrliche bei der ganzen Geschichte gewesen sei.

Leopold Maxwaldt ging mit ruhiger Zuversicht seinem Ziele entgegen.

Er hatte eine so jünglingshaft-männliche Art, sein Liebchen zu trösten.

»Du bist mein,« schrieb er z. B., »und ich bin Dein; – ich möchte die Macht der Erde sehn, die uns scheidet.« –

»Ja,« hatte dann wohl Helene geantwortet, »aber eine Entführung ist doch was Schreckliches; sie wird sogar, wie neulich der hiesige Amtsrichter beim Tee behauptete, strafrechtlich verfolgt ... Und wenn ich auch gern und aus freudigem Herzen bekenne: Ich folge Dir bis ans Ende der Welt – so möchte ich doch keinen so fürchterlichen Eklat, denn ich muß unter den Menschen doch schließlich leben, und ich habe Mama so lieb, und sie würde sich tot grämen ...«

»Keine Sorge!« gab Leopold ihr zurück, »Zum Äußersten wird sie's nicht kommen lassen. Ich kenne ja jetzt ihre Hauptbeweggründe. Wollt' ich in meinem Verhältnis zu ihrer Lyrik vollständig umsatteln, so würde sie das natürlich für Heuchelei halten. Aber ich werde mich mäßigen; ich werde mich zum Prinzip des Schweigens bekennen; ich werde sehn, was sich machen läßt. Den Professor unterschätze ich ganz und gar nicht; er ist ein respektabeler Konkurrent; aber da ich Dein Herz besitze, dünkt mich sein ganzes Bewerben eine trostlose Sisyphusarbeit. Laß die Zeit nur gewähren!

Vorläufig hab' ich ja noch Verpflichtungen bei dem Geheimrat. Ehe jedoch das neue Jahr in die Lande zieht – verlaß Dich darauf, Du sollst nicht in Zwiespalt geraten mit Deiner Mama! Wo ein Wille ist, sagt das englische Sprichwort, da ist auch ein Weg ...«

Adelaide schien trotz aller Verschwiegenheit ihrer Tochter etwas zu ahnen. Wiederholt betonte sie, äußerst gereizt, daß sie erfreut sei, von Doktor Maxwaldt neuerdings wenig zu hören; der junge Mann sei ihr äußerst fatal; sie werde in Zukunft jede Gesellschaft vermeiden, wo sie Gefahr laufe, mit dem frivolen Kunstverächter zusammenzutreffen.

Auch abgesehen von diesen vorübergehenden Mißstimmungen, die wohl eigentlich nur ein Symptom der bereits vorhandenen Nervosität waren, verfehlte die achttägige Präparations- und Erholungsfrist, die Adelaide sich vorgesetzt, durchaus die erhoffte Wirkung. Das Problem, das Frau von Weißenfels zu gestalten wünschte, kam ihr keine Minute lang aus dem Bewußtsein. Die Personen der Novelle verfolgten sie wie Gespenster; wenn sie des Nachmittags schlummernd auf ihrem Sofa lag, kämpfte sie unbewußt mit den Einzelheiten des Dialogs.

Erschöpft und abgehetzt von diesen Gemütsbewegungen schritt sie endlich ans Werk.

Sieben Tage lang schaffte sie mit unermüdlichem Eifer.

Auf die Fragen ihrer Tochter Helene gab sie zuerst ausweichende und dann wahrheitswidrige Antworten: sie mache Exzerpte aus Pascal und Montesquieu; sie durchfeile die vollendete Hälfte der »Deianeira«; und was so der Notlügen mehr waren.

Da Fräulein Helene sie öfters in ihrer Arbeit gestört hatte, so schloß Adelaide sich vom dritten Tage ab in ihrem »Studiergemach« ein, ließ sich mit großer Regelmäßigkeit zweimal vergeblich zu Tisch pochen und fuhr das arme Helenchen beim drittenmal ganz eigentümlich an. Der scheuen Bemerkung, der Braten werde »zu durch«, oder die Suppe »zu dick«, setzte sie undeutlich gemurmelte Phrasen entgegen, wie »andres im Kopfe«, »Verständnislosigkeit«, »Barbarei«, »Einfluß des Doktors«, »schon lehren« usw.

Endlich am dreizehnten Mai war die Novelle vollendet.

Frau von Weißenfels, die schon drei Tage zuvor im Anzeiger dieserhalb inseriert hatte, bestellte sich einen zuverlässigen Kopisten, ließ das Ganze höchst kalligraphisch ins Reine schreiben, mit dem vielfach bewahrten Motto: ›Es wächst der Mensch mit seinen höhern Zwecken‹ versehen und das gleiche Motto auf ein Kuvert setzen, das sie dann später, nachdem sie ihre Visitenkarte hineingesteckt hatte, sorgsam verschloß.

Hiernach gab sie das Manuskript mit allen Vorsichtsmaßregeln, die durch die Wichtigkeit der Sache geboten schienen, zur Post.

Ungeduldig zählte sie nun die Tage bis zum Schiedsrichterspruch.

Ihre Zuversicht hatte sich während des Schaffens wieder fröhlich erholt. Der 15. Juni schwebte ihr als ein epochemachender Zeitpunkt, reich an märchenhaft-phantastischen Konsequenzen, vor.

Er gewann schließlich eine Art von Individualität.

Sie träumte von ihm als von einem lockenumwallten Genius, der sich nächtlicherweile aus rosigem Himmelsgewölk auf ihr Lager senkte und ihr zärtlich die hoch erglühende Stirn küßte.

Immer von neuem erwog sie ihre leuchtenden Chancen, und mutig kämpfte sie die Zweifel zu Boden, die ihr aus dem unbestimmten Gerücht erwuchsen, es seien nicht weniger als 340 Arbeiten zur Konkurrenz eingelaufen.

Sie hatte ja vor den gewöhnlichen Novellisten, die hier gemeinsam mit ihr um die Krone rangen, soviel voraus!

Lautete nicht der charakteristische Ausspruch eines unserer berühmtesten Philosophen: »Die Lyrik ist das Urelement aller Dichtung –?«

Wohl: sie beherrschte die Lyrik meisterhaft! Corinna, die Schöpferin der jetzt tatsächlich in Musik gesetzten und schon zweimal gesungenen Strandlieder, gebot über die höchsten und tiefsten Töne menschlicher Leidenschaft.

Eine Novelle also, die keine Reimschwierigkeiten bot, mußte ihr *eo ipso* gelungen sein, selbst wenn das Thema, das sie gewählt hatte, minder reizvoll gewesen wäre.

Ach, und dies Thema war doch so fesselnd, so stimmungsvoll, so den Humor und die tiefste Tragik verschmelzend, wie kaum wohl ein zweites: eine Herzensgeschichte aus eignem Erlebnis!

Adelaide von Weißenfels hatte in ihrer frühesten Jugend auch einmal, wie soviele edel veranlagte Dichternaturen, glücklos geliebt. Sie sah ihn noch vor sich, den schneidigen, tiefblauäugigen Kavallerieoffizier, der damals ihr Leben und jetzt ihre Dichtung erfüllte. »Wladimir« hatte sie ihn genannt, und der Genius des 15. Juni raunte ihr schmeichelnd ins Ohr, daß dieser Name bereits eine Schöpfung sei.

Minder poetisch faßte der Hausarzt ihre Erregung auf. Nachdem ihn Frau Adelaide wegen starker Migräne zwei- oder dreimal zu Rate gezogen, stellte er die unerwartete Diagnose auf hochgradige Neurasthenie und verordnete seiner Patientin, die stets eine ausgesprochene Ängstlichkeit betreffs ihrer körperlichen Zustände an den Tag gelegt hatte, völlige Ruhe verbunden mit einer gelinden Kaltwasserkur in den herrlichen Fichten- und Tannenforsten eines Thüringer Badeorts. Gemütsbewegung, Überarbeitung und zweckwidrige Ernährung bezeichnete er als die Ursache dieser plötzlichen Nervosität. Die Sache werde im Laufe des Sommers zu heben sein, wenn die Frau Hofrätin augenblicklich ans Werk gehe, die Stadt und ihr geräuschvolles Treiben hinter sich lasse und sich jeder geistigen Tätigkeit möglichst enthalte.

Das war ein schmerzlicher Schlag für die sparsame Dichterin.

Wenn sie jetzt wirklich den ersten Preis gewann, so nahm ihr der unerwartete Aufenthalt in dem freundlichen Saßburg, das der Arzt ihr besonders empfohlen, leider das meiste von dem erhofften klingenden Resultat weg, so daß ihr beinahe nur noch der Ruhm verblieb!

Gleichviel: was nicht zu ändern war, mußte mit Fassung ertragen werden. Sie fühlte ja selbst, daß es mit ihrem Zustand nicht länger so fortgehen konnte. Wenn sie nur siegte, wenn ihr der Kranz nicht entging, den ihr der Genius des 15. Juni schon einigemal wie zur Anprobe über die pochenden Schläfe gehalten! Dann mochte schließlich der gleißende Mammon, so schön es gewesen wäre, sanglos dahinfahren!

»Ja, ja, das Kainszeichen der göttlich-schaffenden Geister – die Nervosität! Ach, daß dem Menschen nichts Vollkommenes wird!«

Am 3. Juni packte sie ihre Koffer. Helene mußte sie natürlich begleiten. Einmal hatte der Arzt dies geboten, da grüblerisches Alleinsein für die Poetin ebenso schädlich sein würde, als geistige Anstrengung und übertriebene Geselligkeit. Dann aber konnte sie das Kind unmöglich in der Hauptstadt zurücklassen, da Doktor Maxwaldt, der Poesieverächter, jetzt wieder häufiger auf der Bildfläche auftauchte, mehrfach höchst unziemliche Fensterpromenaden und ähnliche Demonstrationen in Szene gesetzt hatte und überhaupt ein Charakter schien, dem eine kluge Mama nicht über den Weg traute.

Am Abend vor der Abreise hatte Corinna-Adelaide noch eine umständliche Konferenz mit der Flurnachbarin, einer älteren unverheirateten Dame von großer Schlichtheit des Auftretens, die sich gelegentlich bei der Köchin Adelaidens ein Plätteisen warm stellte oder sich auf ein Stündchen das »Weltall« und die Beilage des Anzeigers holte.

Fräulein Marie Keßler hatte den kleineren Teil des Stockwerks inne, dessen weitaus größeren Teil Adelaide bewohnte. Beide Parteien verkehrten sozusagen nur wirtschaftlich. Fräulein Keßler in ihrer stillen Demut hätte sich nie getraut, der Frau Hof- und Schulrätin, die – namentlich seit sie Witwe geworden – das Haupt sehr hoch trug, einen förmlichen auf gesellschaftliche Ansprüche hinzielenden Besuch abzustatten. Nur einmal, als es im Nebenhaus brannte, war sie, das Schaltuch um die knochigen Schultern geschlagen, angstvoll hinübergehuscht, hatte schüchtern gepocht und war mit gebührender Leutseligkeit empfangen worden. Ab und zu richtete auch Helene ein freundliches Wort an sie. Im übrigen herrschte zwischen der armen Privatlehrerin und der wohlhabenden Adelaide keinerlei ernste Beziehung.

Jetzt aber, da die Koffer gepackt auf der Hausflur standen, und Adelaide sich schon zum zehnten Male versichert hatte, daß der Schnellzug um 7 Uhr 50 Minuten aus dem nordvorstädtischen Bahnhof abfuhr, trat eine seltsame Wandlung ein.

Die erregte Poetin benutzte den Umstand, daß ihre Tochter noch eine Abschiedsvisite bei einer ganz in der Nähe wohnenden Freundin machte, um Fräulein Keßler in ihrem traulich-bescheidenen

Wohnstübchen recht zeremoniell aufzusuchen, ihr die Hand zu drücken, von der bevorstehenden Reise zu sprechen und ihr endlich mit überraschender Liebenswürdigkeit eine Bitte ans Herz zu legen.

»Ich empfange nur wenig Briefe,« sagte sie mit einem Blick der Genugtuung in das sichtlich geschmeichelte Antlitz der Nachbarin. »Darf ich Sie, liebes Fräulein, ersuchen, dieselben während unserer Abwesenheit in Verwahrung zu nehmen? Ich schicke nämlich das Dienstmädchen für sechs bis acht Wochen nach Hause. Das ist mir sicherer, als wenn ich mir sagen muß: Deine Wohnung wird vielleicht, ohne daß du es ahnst, eine Filiale der Grenadierkaserne ...«

Das Fräulein errötete. Ein protestierendes »O!« schwebte ihr auf den Lippen. Sie unterdrückte es, da sie der Hofrätin nicht widersprechen wollte, und sagte nur:

»Mit dem größten Vergnügen ...«

»Danke,« versetzte Adelaide wohlwollend. »Nun noch eins, liebes Fräulein. Es wäre wohl denkbar, daß ..., daß eine Wertsendung für mich einträfe. Diese Wertsendung möchte ich nachgesandt haben. Würden Sie wohl so freundlich sein, dem Briefträger alsdann sofort meine Adresse zu übermitteln? Ich schreibe sie Ihnen hier auf: Saßburg, Hotel Herzog Karl. Wir haben die Zimmer bereits bestellt.«

»Gewiß, gewiß,« stammelte Fräulein Keßler, die Karte mit der Bleistiftnotiz der Hofrätin ehrfurchtsvoll in Empfang nehmend.

»Sie sind die Liebenswürdigkeit selbst. Aber das ist nicht alles. Ich bin so frei, Ihnen hier fünfzig Pfennige zu behändigen. Ich mochte Sie bitten, mir sofort, wenn die Wertsendung eintrifft, dieses Eintreffen telegraphisch zu melden. Es handelt sich um eine Angelegenheit von so hohem Belang, daß ich geradezu brenne, sobald als tunlich von der bangenden Ungeduld, die mich heimsucht, erlöst zu werden. Ich bin seit einigen Wochen so fiebrisch nervös, daß der Gedanke, nur fünf Minuten länger als nötig in Ungewißheit zu schweben, mir förmliche Qual bereitet. Sie können das nachfühlen?«

»Vollkommen, gnädige Frau,« sagte die Lehrerin. »Seien Sie fest überzeugt ... Zur besonderen Ehre werd' ich's mir rechnen, unverzüglich zu telegraphieren. Ich bin ja den ganzen Tag über hier. Und die fünfzig Pfennige kann ich ja auslegen; wirklich, Frau Hofrätin ...«

»Nein, nein! Alles muß seine Ordnung haben. Nochmals: ich danke Ihnen, und hoffe, daß Sie mir schon am sechzehnten ... Ich will sagen, es wäre ja möglich ... Bleiben Sie recht gesund!«

Etwas verwirrt brach sie ab. Wenn Fräulein Keßler um das Preisausschreiben und seine Bedingungen wußte! Aber das war ja nicht anzunehmen.

Adelaide drückte dem alten Fräulein zärtlich die Hand.

Das war also abgemacht. Hielt das Preisgericht Wort, mußte sie in der Tat am sechzehnten aller Ungewißheit enthoben sein. »Die Ehrenpreise,« so hieß es ausdrücklich in einer Notiz am Schlusse des ersten Maiheftes, »werden sofort am Abend des 15. Juni an die preisgekrönten Autoren in bar versandt. Auch betreffs aller sonstigen Punkte sichern wir eine Schnelligkeit der Erledigung zu, wie sie bei ähnlichen Konkurrenzen niemals erlebt worden ist. Dies zur Erwiderung auf zahlreiche an uns gerichtete Anfragen.«

Ja, ja, das »Weltall« verstand sein Metier! Es war eine Freude, mit einem so prompten Blatte zu arbeiten – geschweige denn, von seinem ästhetischen Tribunale bekränzt zu werden!

4.

Am 4. Juni traf Adelaide in Saßburg ein.

Der erste Tag bereits ihres Aufenthalts sollte durch eine unliebsame Entdeckung getrübt werden.

Auf dem Spaziergang, den sie kurz vor dem Abendbrot mit ihrer Tochter nach dem herrlichen Körnbachtal unternahm, begegnete ihnen wie ganz von ungefähr Doktor Leopold Maxwaldt.

»Freut mich unendlich!« sagte der Todfeind der Literatur und küßte der Hofrätin mit exquisitester Ritterlichkeit die behandschuhte Rechte.

Er hatte die strenge Dichterin höchstens dreimal gesprochen, tat aber, als gehöre er zu der ältesten Garde ihrer Bekanntschaft.

»Wenn die Damen erlauben,« fuhr er mit vollendeter Galanterie fort, »so schließe ich mich in aller Bescheidenheit an. Sie nehmen ja wohl den Weg über den Rittmeisterbrunnen?«

Adelaide war so über alle Beschreibung verblüfft, daß sie, wie zur Genehmigung, leise ihr Haupt neigte, worauf dann der Doktor kühnlich neben der Mutter seines vergötterten Mädchens einherschritt und so vorzüglich zu plaudern begann, als habe die Rätin ihm nie einen tadelnden Blick wegen seiner Konversationsversuche im Tafelrundenverein zugeworfen.

»Wo logieren die Damen, wenn diese Frage gestattet ist?«

»Im Herzog Karl,« versetzte Helene.

»Das trifft sich ja herrlich! Da logiere ich auch. Just vor zwei Tagen bin ich hier angekommen. Ein entzückender Aufenthalt, dieses Hotel. So mitten im Tannengehölz! Und eine Luft, eine Luft... Ich sage Ihnen, mein gnädiges Fräulein, Sie werden Wunder erleben.«

»Wir sind ja Mamas wegen hier.«

»Nicht möglich! Gnädige Frau sehen so blühend aus, so elastisch! Gewiß nur eine flüchtige Modekrankheit, ein Hauch von Migräne...?«

»Hochgradige Neurasthenie,« bemerkte die Hofrätin streng.

»Wirklich? Das klingt ja außerordentlich volltönig. Vielleicht eine gewisse Erregtheit, wie sie bei geistig schaffenden Damen nicht selten ist: aber Neurasthenie!... Wer hat Sie denn hergeschickt?«

»Mein Hausarzt, der Sanitätsrat Köllner,« versetzte die Dame noch strenger.

»Was versteht denn der Köllner von Neurasthenie! Da hätten sich gnädige Frau an meinen berühmten Chef wenden müssen! Geheimrat Schebelsky würde Ihnen gesagt haben, was ich, sein unbedeutender Schüler, jetzt bloß auf den Eindruck Ihrer Erscheinung hin frei zu behaupten wage, daß Sie nur übermäßig durch irgend einen Gedanken präokkupiert sind, und daß Ihre Nervosität weichen wird, sobald Sie mit diesem Gedanken *tabula rasa* gemacht haben.«

Die Hofrätin sah ihm erstaunt ins Gesicht. »Hm!« sagte sie bei sich selbst, »dieser Mensch, der in ästhetischen Dingen total mit Blindheit geschlagen ist, scheint als ärztlicher Diagnostiker ein vollendeter Meister!«

Sie fühlte ja selbst: wenn der Fünfzehnte glücklich vorbei wäre, und sie hätt' es hier schwarz auf weiß: Das Kollegium hat Ihre farbenreiche Novelle »Fata Morgana« einstimmig des ersten Preises für würdig befunden – sie fühlte es, daß ihre Nervosität dann im wesentlichen gehoben sein, daß ein neues Leben für sie beginnen würde, seelisch, ethisch und leiblich ...

Der Scharfblick Maxwaldts hatte in der Tat etwas Frappierendes. Daß Helene, die ja alles durchschaut hatte, ihm hier und da einen schätzbaren Wink hatte zukommen lassen – davon hatte Corinna-Adelaide natürlich durchaus keine Ahnung. Sie begann in Maxwaldt den bedeutenden Arzt zu bewundern, der ihr das ernste Geheimnis der Fata-Morgana-Novelle fast aus der Seele grub ...

Trotzdem lag in der Art und Weise des jungen Mannes ein Zug von burschikoser Selbstüberhebung, der sie im tiefsten Innern empörte, und fester als je gelobte sie sich, den Werbeversuchen Doktor Maxwaldts um ihre Helene das schroffste und unerbittlichste Nein entgegenzusetzen.

In diesem Sinne sprach sie sich einige Tage danach brieflich gegen Professor Aloys Schmidthenner aus, der bei der Kunde von der Anwesenheit Doktor Maxwaldts in Saßburg eine dumpfe Beklemmung empfand und die Rhapsodin der noch unvollendeten »Deianeira« daran gemahnte, wie wenig Herr Maxwaldt in literarischer und ästhetischer Hinsicht auf der Höhe seines Jahrhunderts stehe.

Der Brief Adelaidens gab das bereitwillig zu, betonte das schon oben erwähnte Ungebührliche und Studentenhafte, das in gewissen Momenten ihn kennzeichne, und fuhr dann fort:

»Hiervon abgesehen, bin ich genötigt, eine gewisse Artigkeit und Aufmerksamkeit, deren sich Doktor Maxwaldt befleißigt, rühmend anzuerkennen. Früher war er in dieser Beziehung entschieden schnöder und rücksichtsloser. Er trägt mir z. B. auf den Spaziergängen, die wir – meistens fünf oder sechs Köpfe stark – des Nachmittags unternehmen, nicht nur die seidene Jacke und die lederne Handtasche, in welcher ich Blumen, schmackhafte Pilze und ähnliche Merkwürdigkeiten einsammle; nein: er verfolgt sogar mit überraschendem Eifer meinen etwas verwickelten Kurplan. Oft genug unterbricht er das Wechselgespräch unserer Freunde mit der diskret geflüsterten Wendung: ›Gnädige Frau, es ist vier‹, oder: ›Frau Hofrätin, Ihre Nachmittagsbrause‹...«

Professor Schmidthenner las diese Schilderung mit dem peinlichsten Unbehagen. Er stellte sich lebhaft vor, wie eifrig der rücksichtslose Herr Maxwaldt die Nachmittagsbrause benutzen würde, um bei der süßen, blonden Helene seine verwerfliche Maulwurfsarbeit unbeobachtet fortzusetzen. Aber es half nichts. Aloys mußte gute Miene zum bösen Spiel machen, da ihn die Vorlesungen bis gegen Mitte Juli noch in der Hauptstadt festhielten.

Dann aber! –

O, es ahnte ihm, daß die freiere Art der Bewegung auf dem neutralen Gebiete von Saßburg die bisher nur langsam entwickelte Angelegenheit seines Herzens stürmisch fördern und zum gedeihlichen Abschluß bringen, daß sie ihm endlich zum Siege verhelfen würde über den öden ›Mann des Seziermessers‹ – wie sich die Hofrätin früher, als sie noch klarer in ihren Wendungen war und energischer in ihren Antipathien, so meisterhaft ausdrückte.

Die Kurerfolge der Frau von Weißenfels waren gleich Null. Der Gedanke an ihre Novelle verließ sie selbst nicht unter dem Sprudelregen der Brause und auf den Wanderungen durch die stille Einsamkeit der Natur. Bei Nacht saß sie oft stundenlang aufrecht in ihren Kissen, den friedlichen Schlaf ihrer blonden Helene beneidend, deren Antlitz im Schimmer der nächtlichen Kerze heimlich zu lächeln schien. O du glückliche, o du vertrauensselige Jugend, die da nichts weiß von den aufreibenden Kämpfen um den Kranz der Unsterblichkeit!

Die krankhafte Erregung Adelaidens erreichte den Höhegrad in der Nacht vom 15. auf den 16. Juni. Sie hat späterhin selbst eingeräumt, während der kurzen Zeitspanne von halb elf Uhr abends bis drei Uhr morgens anderthalb Schachteln Utan-svafvel-och-fosforhölzer verbraucht zu haben, so häufig machte sie Licht, um ihre Visionen zu scheuchen, und gleich danach die brennende Kerze, als hierzu unfähig, wieder auszublasen.

In glühender Frührotsschöne stieg der Morgen des 16. Juni über den fernen Höhen des Veronikaberges empor.

Schon um halb fünf – zwei Stunden vor Beginn ihrer Kur – stahl sich Adelaide hinaus in das taufrische Tannengehölz und schlug wildklopfenden Herzens den Pfad nach dem Rittmeisterbrunnen ein.

Sie wollte sich sammeln; sie wollte die nötige Haltung gewinnen für den Tag, der ja entscheidend war, mochte die Wage des literarischen Fatums nun links emporschnellen oder rechts.

Adelaide versäumte diesmal die Morgenbrause. Hocherglühenden Angesichtes erschien sie kurz vor sieben beim Kaffee. Fräulein Helene war just in reizendster Morgentoilette von ihrem Lieblingsspaziergange, dem Weg nach der Fannyquelle, nach Hause gekehrt, ein Sträußchen am Busen, das ihr ein ungewöhnlich festliches Ansehen verlieh. Oder hatte nur Frau Weißenfels diese Empfindung, – sie, die heute ja alles wie unter dem Scheine ambrosischer Lichter gewahrte?

Sie frühstückte hastig, aber mit langen Pausen. Kein Bissen schien ihr zu munden; dennoch beendete sie gegen halb acht Uhr schon ihr viertes Hörnchen.

Nun trat sie ans Fenster.

Da unten zwischen den Obstbäumen wurde ein uniformierter Mensch sichtbar: der alte, breitlächelnde Briefträger, der hier gleichzeitig als Telegraphenbote in Pflicht stand.

Adelaide erbleichte, um gleich darauf mit der Schämigkeit eines Backfischchens rot zu werden.

»Was hast du, Mama?« fragte Helene freundlich.

Adelaide winkte ihr mit erzwungener Gleichmütigkeit ab und beruhigte sich nach und nach wirklich. Es war ja Torheit, schon um halb acht ein Telegramm zu erwarten!

Fräulein Keßler stand erst um acht Uhr auf. Bis die sich anzog und nach dem Amte lief, konnte es neun werden!

Adelaide fühlte sich etwas beschämt. Sie butterte in tiefster Zerstreutheit ihr fünftes Hörnchen und ließ sich von ihrer Tochter nochmals die Tasse füllen.

Auch die zweite Nummer der Kur, die Einwickelung mit darauf folgender Abreibung, wurde versäumt.

Je höher die Sonne stieg, um so chaotischer wogte es in dem Busen der Dichterin.

Es schlug zehn, halb elf, elf!

Adelaide hatte sich schon zum dritten Male den Inhalt ihrer Novelle Szene für Szene vergegenwärtigt.

Die Depesche mußte ja eintreffen!

Es war völlig undenkbar, daß eine so glänzende Arbeit nicht wenigstens mit dem zweiten oder doch allerschlimmsten Falls mit dem dritten Preise gekrönt wurde!

Dennoch, der elende Briefknecht mit dem dienstwidrig breiten Gesicht kam nicht und kam nicht.

Hatte am Ende die Keßler, das borniertere, tückische Frauenzimmer, die ihr großmütig anvertrauten fünfzig Pfennige dreist unterschlagen, sie in Biskuittorte oder in Mohrenköpfen verschwelgt, um sich nachher mit einer Zehnpfennigmarke vor Gott und ihrem Gewissen zu rechtfertigen?

Ja, so mußte es sein. Während hier Adelaide vor Aufregung schier verging, setzte sich jene Verworfene heut nachmittag ganz gemütlich an ihren Schreibtisch und übermittelte brieflich, was sie doch auf den Flügeln des elektrischen Funkens hätte vermelden sollen! O, diese Schlichten, Bescheidenen! Das waren die echten, geborenen Verräter! Wie hatte sie nur sekundenlang glauben können, ein so untergeordnetes Individuum werde die delikate Mission mit gebührender Pünktlichkeit durchführen!

Von dem Dachfirst des »Herzog Karl« tönte die Mittagsglocke.

Noch immer kein Telegramm!

Adelaide war tatsächlich unfähig, auch das Geringste über die Lippen zu bringen, wobei die fünf Hörnchen, die sie in ihrem Kummer hinabgefrühstückt, wohl auch ihren Anteil hatten. Sie schützte Migräne vor und zog sich im Schritt einer tragisch niedergeschmetterten Heroine langsam in ihr Zimmer zurück. Ihrer Tochter, die sich gleichfalls erheben wollte, winkte sie ab.

»Laß nur!« sagte sie bebend vor heimlicher Alteration. »Ich bedarf nur der Ruhe.«

Helene setzte sich wieder. Doktor Maxwaldt wußte das junge Mädchen über den Zustand ihrer Mama rasch zu trösten. Er entwickelte überhaupt eine Liebenswürdigkeit, eine Frische, die den gesamten Kreis, dessen Mittelpunkt er hier bildete, zur Bewunderung hinriß und den Professor Aloys Schmidthenner unbedingt zur Verzweiflung gebracht hätte.

Da – man war just beim Dessert – trat die Hofrätin wieder ein.

Sie trug den Kopf sieghaft im Nacken wie weiland die große Regentin, als die begeisterten Ungarn riefen: »*Moriamur pro rege nostro Maria Theresia!*«

In der Linken hielt sie ein Telegramm.

Wohl drei Dutzend Mal hatte sie die wenigen Zeilen gierigen Blicks überlesen. Kein Zweifel mehr: das Datum war diesmal gerecht gewesen! Da stand es in unzweideutigen Lettern. Adelaide hatte der hingebungsvollen Hausgenossin, der liebenswürdig bescheidenen Lehrerin unrecht getan!

Das Telegramm lautete:

»Hofrätin Weißenfels, Hotel Herzog Karl, Saßburg. Weltall Wertsendung neunhundert Mark eingetroffen.

Marie Keßler.«

Schon das Erscheinen der imposanten Gestalt in der fürstlich historischen Attitüde hatte Aussehen erregt.

Niemand wunderte sich daher, als die Rätin nach ihrem Platze schritt, das Messer wider das halb noch gefüllte Glas schlug und mit bebender Stimme folgende Ansprache hielt:

»Hochgeehrte und liebwerte Versammlung! Ich wende mich an Sie alle, nicht nur an den engeren Kreis schätzbarer Freunde, die sich während der kurzen Zeit meines Verweilens auf diesem gesegneten Fleckchen Erde mit besonderer Sympathie an mich angeschlossen! Meine Damen und Herren! Es ist mir unter dem heutigen Tag eine seltene, ich darf wohl behaupten: phänomenale Auszeichnung widerfahren. Das Preisrichteramt der weithin berühmten Zeitschrift ›Das Weltall‹ – ich fordere Sie in Parenthese zum Abonnement auf – hat mich unter zahllosen Konkurrenten für die beste Kurzgeschichte (short-story) mit dem ersten Preise gekrönt.«

Ein staunendes Ah! ging durch den Speisesaal.

Adelaide gönnte dieser »spontanen Kundgebung« einige Augenblicke zur vollen Entladung. Dann fuhr sie mit immer steigendem Enthusiasmus fort:

»Meine Damen und Herren! Ein solches Ereignis gehört zu den Gipfelpunkten im Leben einer modernen Schriftstellerin, zu den Abschnitten, von denen man eine neue Entwicklungsperiode datiert. Sie gestatten daher, und deuten es mir, wie ich hoffe, nicht etwa als Aufdringlichkeit, wenn ich hiermit die ganze Gesellschaft des ›Herzog Karl‹ für heute abend zu einem fröhlichen Waldfest einlade. Ich werde Sorge tragen, daß die Arrangements den Forderungen des außergewöhnlichen Anlasses wie denen meiner liebenswürdigen Gäste einigermaßen entsprechen.«

Die Wirkung dieses nur so hingeschleuderten Ausgangs war geradezu überraschend. Ein Waldfest – Lampions, Musik, vielleicht gar ein lustiger Tanz auf der nahegelegenen Wolfsplatte – das dünkte der Jugend, die hier in großer Anzahl vertreten war, außerordentlich reizvoll. Das Murmeln des Beifalls verwandelte sich alsbald in stürmisches Bravo. Einige tonangebende Herren schritten auf die Schriftstellerin zu und beglückwünschten sie. Die jungen Mädchen klatschten seelenvergnügt in die Hände. Etliche Mütter, die sich von allen derartigen Unternehmungen günstige Chancen für ihre heiratsfähigen Töchter versprachen, nickten sich lebhaft zu, als wollten sie andeuten: »Dieser Triumph der Frau Hofrätin wird vielleicht auch für uns zum Triumph – und dann segne sie Gott!«

Schließlich erhob Doktor Maxwaldt »den vollen Becher«, wie er sich ausdrückte, schwang ihn mit dionysischer Grazie und forderte die freudig bewegte Gesellschaft auf, die verehrte Frau Hofrätin Adelaide von Weißenfels, die preisgekrönte Poetin des »Weltalls« – auch er empfehle dringend das Abonnement – hochleben zu lassen, und abermals hoch, und zum drittenmal hoch ...!

Adelaide dankte gerührt. Ein Hauch der Brüderlichkeit, der Menschenliebe, der freudigsten Götterlust ging wie verklärend durch das ganze Hotel.

Sofort – noch ehe die Tischgesellschaft den Saal verließ – bildete sich ein Festkomitee, bestehend aus einem Erfurter Fabrikanten, der sich schon früher im »Herzog Karl« durch erbauliche Leistungen als Vergnügungskommissär ausgezeichnet hatte, aus Doktor Maxwaldt und einem preußischen Referendar, namens Heinicke.

Draußen auf der Terrasse des Gasthofs stellte sich dies Komitee offiziell der großherzigen Festgeberin zur Verfügung.

Bei einer Tasse dampfenden Mokkas – Adelaide machte voll unbeschreiblicher Anmut die Kaffeehonneurs – berieten hier die drei Herren mit der glückstrahlenden Siegerin das Programm.

Nach Verlauf einer Stunde war die Sitzung zu Ende. Der Entwurf schien selbst den verwöhnten Heinicke befriedigt zu haben.

Der talentvolle Fabrikant fuhr nach Erfurt hinüber. Gegen halb sechs traf er mit einer förmlichen Wagenladung von buntfarbigen Glas- und Papierlampen und einer großartig bemessenen Quantität von Feuerwerkskörpern ein. Ein Feuerwerk nämlich auf der kahlen Klippe des Ödberges, der – nur wenige hundert Meter vom Gasthof entfernt – einsam aus den Wiesengründen emporragte, sollte das Fest beschließen.

Der preußische Referendar hatte das Arrangement des Tanzplatzes übernommen. Ein großartiges Büfett war improvisiert worden. Eiserne Bänke und Stühle aus allen Gegenden des Hotelgartens schmückten die schöne, durch mehrere Badewärter eigens festgestampfte Rotunde.

Doktor Maxwaldt schließlich war zu Fuße nach Föhrenau hinübergegangen, um die Musik zu bestellen und in dem dortigen Galanteriewarengeschäft die entsprechende Auswahl zu treffen für eine lustige, durch allerlei reizvolle Anspielungen zu würzende Tombola.

Daß Adelaide unmittelbar vor Beginn des Feuerwerks ein kurzes Gedicht »Excelsior« vortragen wollte, – eine sinnige Interpretation der himmelanstrebenden Glutraketen – das war ihr Privatgeheimnis. Einstweilen schwebte sie mit sylphidenhafter Gewandtheit durch die Räume des Gasthauses, bald mit dem Wirte sprechend, bald mit den Kellnern, oft auch nur in ihrer süßen Erregung die Sessel des Lesezimmers zurecht schiebend oder eine Gardine drapierend. Auch die Wolfsplatte erklomm sie zwei- oder dreimal, um sich vom Fortschritt der Arbeiten persönlich zu überzeugen Helene saß unterdes auf der Veranda des Wohnzimmers. Sie führte, wie soviele junge Mädchen, ein Tagebuch, freilich in schlichter Prosa, nicht, wie ihre Mama, in überschwenglichen Rhythmen.

Während der rastlosen Tätigkeit des Festkomitees trug sie das staunenswerte Begebnis von dem Sieg ihrer Mutter ein und fügte – im Gegensatz zu früheren, durch Doktor Maxwaldt beeinflußten kurzen Betrachtungen – die Bemerkung hinzu:

»Die liebe, gute Mama! Sie muß dennoch Talent haben!«

5.

Es schlug sieben. Das ganze Hotel befand sich in angenehmer Erregung.

Die einen freuten sich auf den positiven Genuß, die anderen – skeptische oder lieblose Charaktere – auf eine ergiebige Ernte für ihre Beobachtungen, auf komische und lächerliche Effekte.

Adelaide verhandelte just mit dem Erfurter Fabrikanten, dessen Feuerwerksapparat alle Erwartungen übertraf, namentlich auch in merkantilischer Hinsicht; denn die Geschichte kostete, laut beigebrachter Faktura, 320 Mark. Adelaide bedankte sich mit sauer-süßer Verbindlichkeit, unterdrückte jedoch die Bemerkung, die in ihr aufstieg: daheim in der Residenz sei Derartiges dreimal besser und billiger.

Fräulein Helene hatte ihr Tagebuch längst wieder eingeschlossen. Sie saß jetzt, mit einer Häkelarbeit beschäftigt, in der Ecklaube des Hotelgartens und sah schweigend hinaus in die herrliche Sommerlandschaft. Der Ödberg mit seinen düstern Felsgraten leuchtete im entzückendsten Braunrot; der Himmel war klar wie Kristall; der Abend versprach zauberisch zu werden.

Sie gönnte das ihrer Mama so recht von Herzen; sie hätte es ihr gegönnt auch ohne die echte kindliche Liebe, die sie für sie empfand.

War Helene selber doch so über die Maßen glücklich! Dieser Tag mit seiner wichtigen Komiteesitzung bedeutete offenbar eine Annäherung zwischen Mama und Leopold Maxwaldt. Die Fußwanderung über den Schwalbenstein nach Föhrenau und die fein arrangierte Tombola mußten, wenn es demnächst zur ernsten Erörterung kam, gar schwer in die Wagschale fallen. Freilich, ein literarisch-poetischer Träumer wie Aloys Schmidthenner war der prächtige Maxwaldt trotz alledem nicht geworden. So sehr auch Helene im Interesse ihrer seligsten Hoffnung gewünscht hätte, daß Leopold ihrer Mama etwas wärmer entgegengekommen wäre, so stolz war sie wieder auf die männliche Selbständigkeit seines Auftretens, die so vorteilhaft abstach gegen die schmeichlerisch kriechende Devotion des Literaturprofessors.

Wie sich ihre Gedanken so mit dem Gegenstand ihrer Sehnsucht eifrig beschäftigten, knirschte es in ihrer unmittelbarsten Nähe von Schritten.

Es war Maxwaldt in eigener Person.

»Gott sei Dank, daß ich dich treffe!« sagte er mit gedämpfter Stimme. »Ich bin in der scheußlichsten Aufregung. Deine Mama – ein unbegreifliches Mißverständnis – da, lies!«

Er überreichte ihr eine Zuschrift von dem Verleger des »Weltalls«. Fräulein Helene überflog sie mit bebender Hast.

»Aber das ist ja unmöglich!« stammelte sie verwirrt.

»Fast scheint es so,« versetzte der Arzt. »Wir stehen hier vor einem unerklärlichen Rätsel. Was sollen wir tun?«

Helene sann einen Augenblick nach.

»Wann hast du die Sendung empfangen?« frug sie nach einer Weile.

»Vor zehn Minuten.«

»Unbegreiflich! Aber wie schlecht von dir, Leopold, mir so gar nichts zu sagen! Ich hatte ja keine Ahnung, daß auch du ... Nein, es ist schändlich!«

»Torheit! Was sollt' ich von der dummen Geschichte viel Aufhebens machen? Übrigens, wenn du mich schelten willst, so hat das ja Zeit. Vorläufig fragt es sich, was geschehen soll.«

»Du mußt Mama augenblicklich von diesem Brief da in Kenntnis setzen.«

»Meinst du? Aber wer weiß, nach welcher Seite die Wahrheit liegt? Preisrichter-Kollegia sind aus Gelehrten zusammengesetzt, und solche Gelehrte sind oft maßlos zerstreut. Jedenfalls haben die Kerle doch Konfusion gemacht.«

»Du hast recht,« nickte Helene, »Wir müssen ruhig abwarten.«

»Nicht wahr? Also vorläufig: unverbrüchliches Schweigen!«

»Nein, wie mich das aufregt! Weißt du, fast wünschte ich, deine Epistel da wäre der Irrtum. Was kann dir an der ganzen Geschichte denn liegen? Mama jedoch – o, sie würde das nicht überleben! Ob wir nicht doch gescheiter das Jubelfest für heute abend abbestellten?«

»Das wäre jetzt viel zu spät. Auch hätten wir logischerweise kein Recht dazu. Das Telegramm eurer Hausgenossin ist ebenso unzweideutig wie dieser Brief. Oder hältst du die Keßler für fähig, sich einen ungebührlichen Scherz zu erlauben?«

»Kein Gedanke! Sie ist die Ehrlichkeit selbst. Dabei so schüchtern, so demutsvoll! Nein, für die stehe ich gut.«

»Überlassen wir's also der Zeit!« sagte der junge Arzt. »Ich werde heut abend so harmlos erscheinen wie möglich. Sei auch du frisch und vergnügt! Hörst du, mein Liebling? ... Himmel und Hölle! Da fällt mir ein...«

»Was denn?« forschte Helene.

»Nichts, nichts! Ich mag keine Pläne schmieden, ehe ich in dieser Sache nicht klar sehe. Wenn es sich aber herausstellen sollte ...! Himmel und Hölle, dann hätt' ich noch einen Streich auf Lager, der ebenso nützlich als amüsant wäre!«

»Ach, verrate mir's doch!«

»Nein, nein! Ihr Mädels braucht nicht alles zu wissen. Eh' man den Vogel im Netz hat, soll man nicht schwatzen.«

Er umschlang sie und küßte sie herzlich auf ihren Mund. Hiernach begab man sich in den Speisesaal, um zu Nacht zu essen.

Das Jubelfest Adelaidens nahm einen wundervollen Verlauf.

Die Gesellschaft amüsierte sich köstlich; auch die sarkastisch veranlagten Elemente wurden allmählich mit fortgerissen.

Die Wolfsplatte glich in ihrer märchenhaften Illumination einem Elfentanzplatz.

Die Musik – auf einer benachbarten Erderhöhung hinter Fichten versteckt – hatte noch nie so schmelzend, so leidenschaftlich gespielt.

Der Fabrikant aus Erfurt tanzte die Polonaise und den Eröffnungswalzer mit der strahlenden Jubilarin.

Doktor Maxwaldt und der preußische Referendar Heimele führten, als Zigeuner verkleidet, einen Fandango auf, der stürmischen Beifall entfesselte.

Die Tombola weckte die rosigste Heiterkeit.

Das Büfett lieferte köstliche Delikatessen.

Kurz vor elf zog man in geschlossener Kolonne nach der Gasthofsterrasse, die den prächtigsten Ausblick über den Ödberg gewährte.

Das Gedicht »Excelsior« zeichnete sich durch überraschende Kürze, die Bahnen der gen Himmel zischenden Glutraketen durch überraschende Länge aus.

Die vier oder fünf Badewärter, die mit der Abbrennung der mannigfaltigen Feuerwerkskörper betraut waren, entledigten sich ihrer Aufgabe mit einer Vollendung, die durch unausgesetzte »Ahs« und »Ohs« belohnt wurde.

Zwischen der dritten und vierten Feuergarbe, die in majestätischer Herrlichkeit zum nächtlichen Firmament lohten, kamen zwei liebeglühende Herzen sich näher: ein junger Techniker aus Potschappel bei Dresden verlobte sich stehenden Fußes mit der Tochter einer verwitweten sächsischen Generalin, was noch desselbigen Abends – erst im engsten und dann auch im weiteren Kreise – ruchbar ward und eine Stimmung erzeugte, die allem die Krone aufsetzte.

Kurz, der Triumph Adelaidens war vollständig. Daß er auch kostspielig war, daran dachte sie nur vorübergehend. Die Herzensfreude wuchs ihr über den Kopf wie die Zauberhecken dem Dornröschen, und lullte ihr sonst so starkes Berechnungstalent in den Schlaf. Ihr Konto bezifferte sich allerdings auf nahezu 600 Mark; aber was lag daran, da sie das Hochgefühl ihres Sieges so gleichsam in viele Dutzende Mitfühlender eingepflanzt hatte?

»Ja, was liegt daran?« hauchte sie, als sie lange nach Mitternacht ihr lorbeergeschmücktes Haupt in die Kissen drückte. »In großen Momenten muß der Mensch sich als groß erweisen; sonst verdient er es nicht, daß ihn die Götter vor all den unbegnadeten Geistern bevorzugen. Sechshundert Mark –: da bleiben noch immer dreihundert. Diese dreihundert sollen den Grundstock bilden zu einem Vermögen, das ich nur mir und meiner hochstrebenden Muse verdanke, nicht irdischen Zufällen, nicht meinen Vorfahren, nicht meinem Ehegemahl! Was er wohl sagen würde, wenn er mich jetzt hier sähe als die Heldin des Tages, als *a selfmade woman*, als die gekrönte Poetin des ›Weltalls‹! Ja, ja, der Spruch enthält eine tiefe Wahrheit: ›Es wächst der Mensch mit seinen höheren Zwecken!‹ Nun, ich will ihm nicht grollen, dem ehrlichen Ottfried. Er hat's gut gemeint. Er wußte ja nicht, daß ihm die Götter am Herde saßen. Fata Morgana – Ottfried – Wertsendung ... Meine Damen und Herren ...«

Ihre Gedanken verwirrten sich. Ein glückseliges Lächeln auf den halbgeöffneten Lippen, mädchenhaft trotz ihrer vierzig Jahre – – – so schlief sie ein.

6.

Am folgenden Morgen, als die überglückliche Adelaide noch im Frisiermantel vor dem Spiegel saß, – die Stutzuhr aus Cuivrepoli wies eben halb neun – pochte es kräftig in kurz springendem Anapäst wider die Türe des Wohnraumes und öffnete, ohne das übliche »Herein!« zu erwarten.

»Der Briefträger!« sagte Helene.

»Der Briefträger!« wiederholte vor Lust errötend die Verfasserin der »Fata Morgana.«

Der Postmann grüßte.

»Ein Wertpaket, neunhundert Mark,« lächelte er aus der breiten Fülle seiner verschwommenen Backen heraus.

Mit bebender Hand unterzeichnete Adelaide die Quittung. Hastig – und doch mit der Würde einer Selbstherrscherin, die Königreiche verschenkt, reichte sie dem schmunzelnden Überbringer ein nagelneues Fünfmarkstück. Große Momente müssen uns groß finden, das war ja seit gestern ihr Grundsatz.

Hierauf erbrach sie das umfangreiche Kuvert, warf einen starren, entgeisterten Blick auf den Inhalt, und sank, bis in den Grund ihres Wesens vernichtet, auf einen Stuhl.

Das Paket war allerdings mit der Wertangabe »neunhundert Mark« versehen, enthielt jedoch nur das Manuskript der »Fata Morgana«, nebst einer lithographierten Zuschrift des »Weltall«-Verlegers, die in verbindlichen Ausdrücken das Bedauern der Herren Preisrichter aussprach, nicht allein von der Krönung, sondern auch von der eventuell in Aussicht genommenen Erwerbung der gütigst überschickten Novelle Umgang nehmen zu müssen.

Adelaide hatte im Sturmgetöse ihrer maßlosen Aufgeregtheit vergessen, daß sie selber ihr Manuskript mit der Bezeichnung »Wert: Neunhundert Mark« an das »Weltall« eingesandt, hatte; daher der Verleger, als peinlich korrekter Geschäftsmann, bei der Zurücksendung die nämliche Summe deklarieren zu sollen für angezeigt hielt. Vielleicht auch wirkte die ritterliche Empfindung mit, daß er durch Beibehaltung dieser beträchtlichen Ziffer die Wermutspille der Ablehnung auf liebenswürdige Weise verzuckere.

Eine Zeitlang saß Adelaide bleich, leblos wie vom Donner gerührt. Dann plötzlich brach sie in Tränen aus.

»Diese Keßler! Dies Urbild der Stupidität!« stöhnte sie, ihr Antlitz tief in den Frisiermantel pressend. »Sie soll mir's büßen, die abgeschmackte Person! Ich ruhe nicht eh'r, bis der Hauswirt ihr kündigt. Entweder sie oder ich! Mit ihr unter dem nämlichen Dache, – das ist fürder unmöglich!«

Sie sprang empor und warf einen verzweifelten Blick auf die fluchbeladene »Weltall«-Sendung, die harmlos, wie ein neugeborenes Kind, auf der Tischdecke lag.

»Freilich,« knirschte sie heiser in sich hinein, »dem Briefe da war's ja von außen nicht anzusehen! So wenig voluminös! Dafür ist's eine ›Kurzgeschichte‹! Jawohl, eine Kurzgeschichte, die mich trotz aller Kürze ein langes Leben hindurch an den Pranger stellt! Dies Fest, dieses Feuerwerk, diese Toaste – o, es ist eine Schmach! Von den ruchlos vergeudeten sechshundert Mark ganz zu geschweigen!«

»Aber Mama,« sagte Helene, »wir waren doch so vergnügt!«

»So? Vergnügt wart ihr! Eine herrliche Logik, das muß ich bekennen! Siehst du nicht ein, du Törin, daß ich mit dieser Affäre bis in die Fingerspitzen blamiert bin? Aber das ficht dich weiter nicht an! ›Wir waren doch so vergnügt!‹ Deine Mutter kann sterben vor Gram und Scham. – Du amüsierst dich an ihrem Totenbett!«

»Beste, liebste Mama, wie kannst du so reden! Ich meinte ja nur ...«

»Du hast hier gar nichts zu meinen! Die Sache ist klar, wie das Sonnenlicht! Wenn es herauskommt – und es muß ja herauskommen, denn schon im ersten Juliheft werden die wirklich Preisgekrönten genannt – – siehst du, Helene, dann bin ich gesellschaftlich wie literarisch unmöglich! Es ist zum Wahnsinnigwerden! Flink, packe die Koffer! Heute noch reisen wir ab! Binnen acht Tagen hab' ich zu Haus meine Angelegenheiten geordnet. Ich kehre der Hauptstadt für immer den Rücken. Nach Kottbus werde ich ziehen oder nach Graudenz. In der ödesten Einsamkeit will ich dort meine Schande vergraben, bis der Tod mich erlöst!«

Sie weinte zum Herzbrechen.

Da klopfte es abermals an die Türe.

»Es kann niemand herein!« ächzte sie tonlos.

Gleichwohl stand schon im nächsten Moment Doktor Leopold Maxwaldt in respektvoller Haltung ihr gegenüber.

»Gnädige Frau,« begann er mit vollendeter Ruhe, ohne sich durch den Anblick ihres zerknüllten Frisiermantels und der halb noch gelösten Haare stören zu lassen, »ich bin seit gestern Ihr Zimmernachbar.«

»Was soll das heißen?« stammelte Adelaide verwirrt.

»Es soll motivieren, daß ich so unvermutet hier eintrete. Die Wände sind ganz außerordentlich dünn. Ein Hauptmangel im ›Herzog Karl‹! Ich hörte Sie wehklagen, konstatierte die ersten Symptome eines bedrohlichen Weinkrampfes und bin nun so frei, Ihnen meine ärztlichen Dienste zu offerieren.«

Adelaide hatte ihren Frisiermantel und die nur halb vollendete Haartracht ebenso völlig vergessen wie Doktor Maxwaldt. Was sie bei seinem Erscheinen durchwühlte, war die Erinnerung an gestern, war der entsetzliche Umstand, daß Leopold Mitglied des Festkomitees zur Feier ihrer vermeintlichen Krönung gewesen. Das brachte ihr die verzweifelte Lage, in die der Neid einer boshaften Weltordnung sie versetzt hatte, ziemlich klar zum Bewußtsein. Der junge Arzt verkörperte ihr all die Beschämungen, die ihr bevorstanden, all die unsäglichen Kümmernisse ihrer gescheiterten Hoffnungen.

Sie schluchzte von neuem und legte sich, eine klagende Niobe, abgewandt in die Sofaecke.

Helene wies mit dem rosigen Zeigefinger auf die zurückgekehrte »Fata Morgana«. Leopold trat ein Paar Schritte heran.

»Es ist, wie ich dachte,« raunte er seiner Geliebten zu. »Es *konnte* nicht anders sein, – und wenn sie nicht deine Mama wäre, hätte ich Lust, mir vor Vergnügen den Bauch zu halten.«

»Leopold!« flüsterte Fräulein Helene vorwurfsvoll.

Er küßte sie lautlos auf die schmollenden Lippen.

Dann, mit gewaltiger Stimme:

»Gnädige Frau!«

Adelaide zuckte zusammen. Lebensmüde hob sie das tränenbeströmte Antlitz.

»Gnädige Frau, ich weiß alles. Sie haben den Bären verkauft, eh' Sie ihn dingfest gemacht. Dergleichen kommt vor, – aber die Sache ist äußerst unangenehm.«

»Wie meinen Sie das?« stammelte Adelaide.

»Nun, mich dünkt, das ist klar. Nicht alle Menschen sind Ihre Freunde, wie ... ich zum Beispiel. Es gibt boshafte Charaktere. Die werden sagen: ›Na, so was!‹ Sie selbst, gnädige Frau, können nicht leugnen: die Geschichte ist komisch, eminent komisch! Dieses pomphafte Arrangement, diese voreilig geschlachtete Hekatombe – und dann, als Auflösung: Nichts, absolut nichts! *Parturiunt montes* ... Ich weiß nicht, ob Sie Latein verstehen?«

»Ich verstehe nur eins: daß Sie mein Mißgeschick noch verhöhnen wollen. Das, Herr Doktor, ist eines Ehrenmannes nicht würdig; das ist ... das ist ...«

»Nur die Einleitung zu dem, was ich sagen will. Ich mußte Ihnen die peinliche Situation recht wahrheitsgetreu ins Gedächtnis rufen, eh' ich versuchen konnte, mit einem Vorschlag zu nahen ...«

Halb zweifelnd sah sie ihn an. Er aber zog jenen »Weltall«-Brief aus der Tasche, den er am Abend zuvor seiner holden Helene gezeigt hatte, öffnete ihn, wie der Notar in französischen Trauerspielen das knotenschürzende Testament öffnet, und begann mit einem leichten Hauche von Ironie wie folgt:

»Der Zufall, gnädige Frau, hat seine unleugbaren Impertinenzen. Als eine solche muß ich's betrachten, daß jener Ehrenpreis für die gelungenste Kurzgeschichte, den Sie, gnädige Frau, sich auf Grund eines Mißverständnisses voreilig vindiziert haben, mir, dem Mann des Seziermessers, dem unwürdigen Dilettanten, gestern kurz vor Beginn Ihres Festes in bar übersandt worden ist.«

Adelaide blickte ihm starr ins Gesicht – mit dem hilflosen Ausdruck jenes gequälten Tieres, das der Schillersche Berggeist gegen die Pfeile des Alpenjägers beschützt.

»Ja, Frau Hofrätin,« wiederholte der junge Arzt, und hielt ihr das Schreiben des ›Weltall‹-Verlegers mit einer energischen Handbewegung unter die Augen, »– es ist so! Unbegreiflich, und dennoch Tatsache! In meinen Mußestunden, wenn das Seziermesser ruht, hab' ich gelegentlich novellistische Einfälle. Die bring' ich dann zu Papier, meist nur ganz aphoristisch, wie der Maler so eine Skizze hinwirft. Diesmal hab' ich des Spaßes halber mein Thema strenger gefaßt – und da ich just von dreihundertvierzig Arbeiten hörte, die bereits eingelaufen, so dachte ich: ›Nun, auf eine mehr oder weniger wird's ja nicht ankommen, versuchen kannst du's, und schlägt's dir fehl, so wirst du nicht eben enttäuscht sein. Im Gegenteil!‹ Es scheint nun, daß die Leute vom Fach, die wirklichen Schriftsteller, bei diesem Wettlauf nicht mit gestartet, sondern die Rennbahn den literarischen Sonntagsreitern frei überlassen haben. Item, mein unbedeutender Spaß ›Melisandra‹ hat überraschenderweise gesiegt und den Preis erhalten, den ich Ihnen, Frau Rätin, so von Herzen gegönnt hätte.«

»Unerhört!« ächzte Frau Adelaide. »Also das ist des Pudels Kern! Sie wollen meine entsetzliche Lage zur Folie Ihres Triumphes machen? Nun, Herr Doktor, ich hatte nie eine sonderlich günstige Meinung von Ihnen; aber daß Sie so wenig Ritterlichkeit besäßen ...«

»Keine Verdächtigungen, gnädige Frau! Es ist wahr, Sie sind schauderhaft kompromittiert. Wenn die Geschichte Ihrer vermeintlichen Siegesdepesche ins Publikum dringt – die Wirkung ist unbezahlbar! Diese Voraussicht aber gibt Ihnen noch lange kein Recht, an meinem Charakter zu zweifeln! Frau von Weißenfels! Ich stehe nicht hier, um Sie als Folie *etcetera* zu verwerten, sondern um Ihrem geschätzten Kopf aus der Schlinge zu helfen. Niemand außer Fräulein Helene und mir soll jemals erfahren, daß die Wertsendung da, an Stelle des sehnlichst erwarteten Preises, nur Ihr verunglücktes Manuskript enthielt ...«

»O, o!« stöhnte Adelaide.

Dann sich würdevoll aufrichtend:

»Zum letzten Male, Herr Doktor: lassen Sie diesen unakademischen Ton! Ich werde mein Schicksal ertragen ... Ich werde ...«

Sie wandte sich ab. In höchster Nervosität trommelte sie mit den zitternden Fingern auf der Kommode, als könne sie's nicht erwarten, daß Doktor Maxwaldt sich nun endlich zurückziehe.

Der aber schien seiner Sache gewiß zu sein.

»Ich gebe Ihnen mein Ehrenwort,« fuhr er jetzt ohne Beimischung irgend welcher pathetisch-ironischen Färbung fort, »daß ich alles zu Ihrer vollkommenen Befriedigung ordnen werde.«

Das klang so aufrichtig, so bestimmt, daß sie ihr tränenumflortes Antlitz wieder ihm zuwandte.

»Wäre das möglich?« fragte sie zaghaft.

»Ja, unter einer Bedingung!«

»Reden Sie!«

Er schritt nun flott auf sie zu und faßte sie mit vertrauenerweckender Herzlichkeit bei der Hand.

»Die Sache ist einfach genug. Wir setzen uns hier sofort an den Tisch – Sie hüben, ich drüben – und verfassen zu gleicher Zeit jeder ein wichtiges Dokument. Das Ihre wird lauten: ›Die Verlobung meiner einzigen Tochter Helene mit Herrn Doktor Leopold Maxwaldt – bitte mich ausreden zu lassen – mit Herrn Doktor Leopold Maxwaldt zeige ich hiermit ergebenst an. Adelaide von Weißenfels.‹ Sie schicken das an die bewährte lithographische Anstalt von Römmler & Julitz. – Das von mir zu verfassende Dokument geht an den Verleger des ›Weltalls‹ und hat folgenden Wortlaut: ›Verehrtester Herr! Für die mir gütigst als Ehrenpreis übersandten Mark neunhundert sage ich Ihnen meinen verbindlichsten Dank. Bei dieser Gelegenheit bitte ich Sie ebenso höflich als dringend, die Novelle unter keiner Bedingung mit meinem wirklichen Namen, sondern unter dem wohlklingenden Pseudonym ›Corinna‹ abzudrucken, sowie überhaupt betreffs meiner Urheberschaft das strengste Geheimnis zu wahren. Da Sie, verehrtester Herr, die Kuverts mit den Mottos ja eigenhändig in Ihrer Privatwohnung eröffnet haben, so daß selbst die Preisrichter die Namen der gekrönten Autoren erst aus der Publikation im neuen Quartalsheft erfahren werden, so kann die Erfüllung meines ergebenen Wunsches keinerlei Schwierigkeit bieten. Mit besonderer Verehrung ›etcetera etcetera.‹ So werde ich schreiben, meine geschätzte Frau Rätin! Legen Sie Wert darauf, so schicke ich die Epistel sogar telegraphisch; nur muß ich zuvor die Verlobungsanzeige schön mundiert in der Tasche haben.«

Adelaide atmete schwer und tief wie der Edelknecht, als er, emportauchend, wieder das rosige Licht schaute.

»Sie wollten ...?« hauchte sie bänglich ... »›Corinna‹? Das Pseudonym meiner ›Strandlieder‹ aus dem Tilsiter Anzeiger? – Das allerdings wäre ein Ausweg von unzweifelhaftem Erfolg! Die Tafelrunde, ja die gesamte literarische Welt der Hauptstadt kennt mich unter dem Namen Corinna. Ach, und den Titel meiner ungekrönten Novelle hab' ich ja glücklicherweise verschwiegen! Herr Doktor Maxwaldt, Sie sind ein edles, opferwilliges Herz! Sie verzichten auf Ihren Ruhm zugunsten einer literarischen Gegnerin, die Sie oft genug unterschätzt hat, die Ihnen jeden Schimmer von Poesie, jede Fähigkeit idealen Empfindens absprach –«

»Gnädige Frau, Sie sehen, ich bin in der Tat vorwiegend ein Praktiker,« sagte der Arzt, und legte den Arm bescheidentlich, aber im Stil eines Mannes, der unwiderruflich Besitz ergreift, um die Taille seiner blonden Helene.

»Ja so, Ihre Bedingung!« seufzte die Hofrätin. »Gütiger Gott, was wird Professor Schmidthenner sagen, mein vortrefflicher Freund, dem ich schon die bestimmteste Zusage gab ...«

»Es schlägt neun!« sagte Leopold Maxwaldt. »Soll die Depesche also noch heute vormittag eintreffen – und Sie werden mir zugeben: je früher, je besser –«

»Schreiben Sie,« sagte die Hofrätin, »schreiben Sie!«

Noch einmal seufzte sie auf. Dann schob sie mit eifrigen Händen dem Arzt das Papier zurecht, und nahm willenlos an der entgegengesetzten Seite des Tisches Platz. Helenchen strahlte wie eine Rose.

»Der arme Professor!« murmelte Adelaide noch einmal wie von Gewissensbissen zerfleischt, während die Feder des jungen Mannes schon sturmgeschwind über das grüngetönte Papier flog.

»Der Professor, besitzt ja die Muse. Er wird sich zu trösten wissen!«

»Nun denn also: in Gottes Namen!«

»Das ist nett von Ihnen. Schreiben Sie ja recht deutlich! Maxwaldt mit *dt*! Ja? Und nun prophezeie ich Ihnen, daß diese ganze Geschichte in kürzester Frist jeden Stachel für Sie verlieren wird. Zum Beispiel das gestrige Zauberfest! Wirkt es nicht ganz allerliebst – jetzt, da die Blamage in Wegfall kommt? Weiß Gott, ich gäbe was für das frohe Bewußtsein, so viele Menschen königlich amüsiert zu haben! Das muß himmlisch sein!«

In der Tat – es war trotz aller Enttäuschung ein angenehmes Gefühl, an die Sache zurückzudenken! Adelaide empfand das zu ihrer fröhlichen Überraschung. Zum ersten Male in ihrem Leben spürte sie was von dem Hauch jenes Geistes, der in den Worten weht: Geben ist seliger als nehmen. Sechshundert Mark hatte die Freude gekostet, – aber sie war das wert, wahrhaftig, sie war das wert ...

»Zeige ich hiermit ergebenst an,« schrieb sie mit fester Hand, und setzte groß und vornehm geschnörkelt ihren Namen hinzu.

Nach zwei oder drei Minuten hatte auch Doktor Maxwaldt die umfangreiche Depesche vollendet.

»Und dann,« sagte er in Verfolgung eines verborgenen Gedankenganges – »sind Sie nicht tatsächlich preisgekrönt? Oder gibt es für eine kluge, liebenswürdige, wenn auch *in literis* nicht eben erfolgreiche Frau einen schöneren Kranz als das Glück ihrer Kinder? Einen glorioseren Preis, als einen gehorsamen Schwiegersohn? Erblicken Sie, gnädige Frau, in meiner schlichten Persönlichkeit das Musterbild eines solchen! Ich werde Sie auf den Händen tragen, ich werde Sie hochschätzen, lieben, verehren, solange – Sie's einigermaßen verdienen. Jetzt aber: fort nach dem Postbureau! Helene, den ersten Kuß!«

Das Brautpaar umarmte sich; Adelaide drückte dem jungen Manne herzlich die Hand, strich der wonnestrahlenden Tochter wie segnend über die ponyfransen-bedeckte Stirn und lispelte schalkhaft:

»War das wirklich der erste?«

»Ja! Die pseudonymen werden nicht mitgezählt!«

Über tredition

Eigenes Buch veröffentlichen

tredition wurde 2006 in Hamburg gegründet und hat seither mehrere tausend Buchtitel veröffentlicht. Autoren veröffentlichen in wenigen leichten Schritten gedruckte Bücher, e-Books und audio-Books. tredition hat das Ziel, die beste und fairste Veröffentlichungsmöglichkeit für Autoren zu bieten.

tredition wurde mit der Erkenntnis gegründet, dass nur etwa jedes 200. bei Verlagen eingereichte Manuskript veröffentlicht wird. Dabei hat jedes Buch seinen Markt, also seine Leser. tredition sorgt dafür, dass für jedes Buch die Leserschaft auch erreicht wird.

Im einzigartigen Literatur-Netzwerk von tredition bieten zahlreiche Literatur-Partner (das sind Lektoren, Übersetzer, Hörbuchsprecher und Illustratoren) ihre Dienstleistung an, um Manuskripte zu verbessern oder die Vielfalt zu erhöhen. Autoren vereinbaren direkt mit den Literatur-Partnern die Konditionen ihrer Zusammenarbeit und partizipieren gemeinsam am Erfolg des Buches.

Das gesamte Verlagsprogramm von tredition ist bei allen stationären Buchhandlungen und Online-Buchhändlern wie z. B. Amazon erhältlich. e-Books stehen bei den führenden Online-Portalen (z. B. iBookstore von Apple oder Kindle von Amazon) zum Verkauf.

Einfach leicht ein Buch veröffentlichen: **www.tredition.de**

Eigene Buchreihe oder eigenen Verlag gründen

Seit 2009 bietet tredition sein Verlagskonzept auch als sogenanntes "White-Label" an. Das bedeutet, dass andere Unternehmen, Institutionen und Personen risikofrei und unkompliziert selbst zum Herausgeber von Büchern und Buchreihen unter eigener Marke werden können. tredition übernimmt dabei das komplette Herstellungs- und Distributionsrisiko.

Zahlreiche Zeitschriften-, Zeitungs- und Buchverlage, Universitäten, Forschungseinrichtungen u.v.m. nutzen diese Dienstleistung von tredition, um unter eigener Marke ohne Risiko Bücher zu verlegen.

Alle Informationen im Internet: **www.tredition.de/fuer-verlage**

tredition wurde mit mehreren Innovationspreisen ausgezeichnet, u. a. mit dem Webfuture Award und dem Innovationspreis der Buch Digitale.

tredition ist Mitglied im Börsenverein des Deutschen Buchhandels.

Dieses Werk elektronisch lesen

Dieses Werk ist Teil der Gutenberg-DE Edition DVD. Diese enthält das komplette Archiv des Projekt Gutenberg-DE. Die DVD ist im Internet erhältlich auf **http://gutenbergshop.abc.de**

Zeitfracht Medien GmbH
Ferdinand-Jühlke-Straße 7
99095 Erfurt, Deutschland
produktsicherheit@kolibri360.de